U0062289

Bertolt Brecht

诗歌的坏时代

Schlechte Zeit für Lyrik

坏时代

布 莱 希 特 诗 选

[德] 贝托尔特·布莱希特 著　黄雪媛 译

广西师范大学出版社
·桂林·

目录

译　序

我有时苍老，有时年轻

早上苍老，傍晚年轻

有时我是一个孩子，想着伤心事

有时我是一个老人，失去了记忆。

（1955，《事物变化》）

世上最伟大的诗人往往也是最亲切的诗人。陶渊明、李白、白居易如此；歌德、普希金如此，到了二十世纪要数布莱希特，他的声音最接近大众，最为真实。布莱希特走的诗人之路，是一条平民大众的"吟游诗人"的道路。当象征主义诗人们躲在象牙塔中，沉醉于秘密的符号游戏，设下重重阅读的障碍，布莱希特的读者却可以没有心理负担地跨入他朴素宽敞、风格驳杂的诗歌"客厅"——这两三年，我便是其中一名拜访者和寄居者。我久久徘徊着，倾听着，虚构着与诗人的对话——布莱希特是提倡和热爱交谈的人。最终，从他创作的两千多首诗歌里，我选择了三百一十八首译成中文，不过十之一二，却已装满行囊，且"货色"多样：颂诗、情诗、叙事诗、箴言诗、讽刺诗、十四行诗、政治抒情诗、哲学教义诗，还有童谣……这场漫长的探访结束之际，我已过天命之年，和当年布莱希特结束流亡，从美国回到欧洲的年纪相当。

感　受

我归来时
头发还没有白
我暗自庆幸。

山的艰险已被抛在身后
横在我们面前的，是平地的艰难。
（1949）

与《事物变化》和《感受》这一类睿智明察的晚期短诗形成鲜明对比的，是早期诗歌的灵慧狡黠和放浪形骸。在巴伐利亚小城奥格斯堡的父母家中，布莱希特爱听仆人们唱一些稀奇古怪的强盗歌谣或者大胆质朴的情歌。每年春秋家乡民间节日普莱尔（Plärrer）集市上，他体验着市井生活的勃勃生机，工人们和小贩们举止言谈的无拘无束，这些为他最早的诗歌集《弦歌集》（*Lieder zur Klampfe*，1918）提供了灵感和素材。《弦歌集》的诗作大都是以布莱希特为核心的同学友人团体互相激发、共同作词谱曲的吉他弹唱曲，它们是阁楼聚会或郊外漫游的产物，无形中奠定了布莱希特一生戏剧创作的形式和基调：不是作为孤独艺术家行走于世上，玄思一寓，而是以一个领导者和启蒙者的身份，调动与整合集体的智慧。

青少年时期的布莱希特创作了数量可观的"颂诗"（Psalmen），这些少作是对圣经赞美诗的戏仿。悠扬或粗犷的小调谱写着纵欲的欢畅和空虚，生命的宝贵和短暂。一种恣意张扬的个人主义姿态跃然于诗行间：

我知道：我已爱得太多。我充实了太多身体，消耗了太多橙色天空。我应该被消灭。

七月，我和天空相爱，我唤它"蓝"，它壮美，透着紫红，它爱我。这是男人之间的爱。

天空变得苍白，每当我折磨我的吉他，模仿田野红色的情欲，以及母牛交媾时的呻吟。

他为第一部戏剧《巴尔》谱写的诗歌把一个以天为被、以地为席，纵情声色与酒精，赤条条来去无牵挂的浪子诗人的形象和盘托出。九个诗节组成的《巴尔颂歌》，第一诗节与第九诗节构成一个浪漫与虚无的双色生死环：

> 当巴尔在白色的母腹中生长
> 天空苍白、静谧，已然壮大
> 它年轻、赤裸、奇妙无比
> 巴尔一出世就爱上了它。
> ……
> 当巴尔在黑暗的土中腐烂
> 天空依然壮大、静谧和苍白
> 它如此年轻、赤裸、美妙无比
> 就像巴尔活着时爱过的模样。
> （1918，《巴尔颂歌》）

巴尔（Baal）这个名字有"主人"之意，其形象可追溯至圣经《旧约》专事破坏与瓦解的恶神，布莱希特在巴尔身上注入了一部分自我和最初的文学榜样——弗兰克·韦德金德（Frank Wedekind）、保罗·魏尔伦（Paul Verlaine）和弗朗索瓦·维庸（François Villon）。比布莱希特年长六岁的瓦尔特·本雅明是布莱希特的友人和布莱希特诗歌的热情研究者，著有《布莱希特诗歌评注》，本雅明认为"巴尔"是一个自私的、反社会的人物，指出布莱希特是故意让这个自私自利、毫无道德观念的坏人变成革命者。阿伦特在《贝托尔特·布莱希特》一文中（收录于阿伦特的随笔和评论集《黑暗时代的人们》）剖析了布莱希特性格中有一种对违法活动的迷恋，诗歌中的人物常常是那些"可怕而单纯的英雄"。

一九二七年由柏林 Propyläen 出版社结集出版的《家庭祈祷书》（*Hauspostille*）标志着布莱希特的诗艺渐趋成熟。这些主要创作于一九一六至一九二五年之间的诗作是诗歌天才的爆发，它们拥有奇特美妙的韵律和丰富驳杂的主题；民谣、情诗、赞歌与哀歌间杂交错；灿烂与颓废、欢腾与宁静、虚无与悲悯、反英雄倾向与亲社会倾向参差对照，令人眼花缭乱；阿伦特给予《家庭祈祷书》极高的评价，她认为这些诗作摆脱了世俗的目的和关切，是还没有受到意识形态影响和政治律条约束的"纯然青春的创造"，是神明所赐的天赋的体现，而这种天赋，"一半是祝福，一半是诅咒"。所谓"诅咒"，意指布莱希特的晚年将不得不承受其"天才"的丧失，这样的评价自然也源于两人政治立场的不同。

在《家庭祈祷书》中，早期诗歌的情欲、自然和死亡等主题进一步凝聚和深化：一方面是放纵的情爱和无节制的享乐，另一方面是去浪漫化去神圣化的死亡事件和腐朽场景，取名《家庭祈祷书》无疑是一种反讽，借着基督教的训诫书与祈祷书的外壳，挑衅和背叛基督教传统和资产阶级的道德秩序、日常秩序。"《家庭祈祷书》的言语既非来自西奈山，也非来自福音书，它的灵感来自市民社会。"（本雅明）妓女，海盗，酒鬼，溺亡的女孩，死亡的士兵，杀婴的女佣，冒险家和逃犯轮番登场，在混乱不堪的背景里各自吟唱"卑微者"的生命歌谣，每一个声音既属于大众，又极富个性。诗歌扎根于悠久的古典传统，又织入现代性的荒诞和意外。

诗歌里所展现的生命观延续了青春期的生命至上和快乐至上，在酒神精神里又奇异地混入了斯多葛主义的态度。布莱希特故意使用教职人员劝诫世人禁欲的腔调来劝诫人们及时行乐。

> 生命如此微薄
> 快快将它啜饮！
> 倘若停嘴
> 它就再也不够！
> （1918，《抵制诱惑》）

玩世不恭、狂放悠游的生命态度也体现在诗人和大自然的关系上。与当时中产阶级青年怀念前工业时代、热衷回归自然的"候鸟运动"（Wandervogelbewegung）不同，大自然在青年布莱希特眼里是生命欲望的宣教所和冒险家的大乐园。与其说大自然的美景让他沉醉，不如说是不可预测的危险对他充满了诱惑，他甘心顺服，笔下的人物几乎处于一种半人半兽的状态。

> 夜晚，当你们从水里钻出——
> 你们必须赤裸身体，皮肤也须柔滑——
> 微风轻抚，还要去爬
> 你们的大树。天空也要苍茫。
> （1919，《关于爬树》）

> 当然，你必须仰躺
> 按通常的做法，随波逐流。
> 无须游动，不，你只须把自己
> 当作水中千万卵石中的一块。
> 此时你要望着天空，想象
> 被一个女人抱拥，千真万确
> 无须忙乱，就像亲爱的上帝
> 夜里还在他的河里游泳。
> （1919，《关于在湖里与河里游泳》）

这一时期诞生的情诗可以说是混乱复杂的情爱关

系的佐证，同时也泄露了布莱希特心目中男性作为情爱关系主导者和操纵者的立场，但也许没有人会怀疑《回忆玛丽·安》和《爱的三行诗》这样的诗作是现代情诗的杰作，它们如此优美地道出了爱情的倏忽即逝；失散、失色和失忆才是爱情的本质。

> 就连那个吻，我原本也早已忘记
> 倘若不是有那朵云
> 我依然记得它，也将永远铭记
> 它那样洁白，来自高高的天空
> 李树们也许依然在开花
> 女人或许已生下第七个孩子
> 但是那朵云，盛开得如此短暂
> 当我抬头，它已消失在风中。
> （《回忆玛丽·安》）

> 云与鹤就这样分享着
> 美丽天空短暂的飞翔
> 谁也不比谁逗留更长
> （1928 / 1929，《爱的三行诗》）

《家庭祈祷书》包含了多首延续民谣传统的叙事诗，这些作品具有清晰的社会批判意识以及对底层命运的极大关注。《妓女伊芙琳·罗的传说》优美的韵尾烘托着让人心碎的结局。《关于杀婴犯玛丽·法拉尔》以年轻女佣的口吻讲述了自己秘密堕胎失败，之后隐瞒怀孕，直至将刚出生的婴儿杀死并藏匿的悲惨惊悚故事，在每小节末插入了一位法庭审判的旁听者坚持不懈的请求："但我祈求诸位不要陷入愤怒 / 因为所有造物都需要他人的帮助。"《死兵传奇》具有强烈的讽刺和警示的力量，昭示了布莱希特反战和反军国主义的政治立场，他也因为这首诗而在日后遭到了当权者的报复：被驱逐出国。

出生于一八九八年的布莱希特属于"迷惘的一代"，他们这代人的青春经历了最不可思议的残酷和荒谬。从第一次世界大战中幸存下来，迎接他们的是魏玛共和国动荡不安的政局，可怕的通货膨胀，大面积的失业和饥荒。阿伦特审视比她年长的布莱希特那一代："他们感觉自己已经不再适合过正常的生活了。他们的常态是背叛一切与荣誉有关的经历，比背叛更有过之的是对自身的怀疑，他们失去了自己，也失去了世界……"所以不必奇怪青年布莱希特会写出《令人大作呕的时刻》这样的诗歌："因为我不再喜欢 / 这个世界 / 尤其是一帮叫'人'的生物 / 所谓的同类 / 令我倍感陌生"；他也会写出影射尼采的《失望者的天空》："忧闷的灵魂甚至厌倦了哭泣 / 沉默枯坐，没有眼泪，如此清冷"；他会充满自嘲地称自己是"可怜的B.B"（贝托尔特·布莱希特姓名的首字母），并指出他们那代人"不过是短暂的过客 / 在我们之后来临的 / 不值一提"（《关于可怜的B.B.》）。

一九二四年，布莱希特搬到柏林定居。"城市丛林"——他曾这样形容慕尼黑，而柏林比慕尼黑更像"城市丛林"。二十年代中后期的柏林是欧洲最典型的现代主义先锋都市，庞大芜杂、生机勃勃、充满自由又暗流汹涌，这使布莱希特兴奋不已。他不是一个留恋过去的人，柏林满足了他匿名化的倾向和做一个普通人的愿望。他的生活方式和创作风格随之发生了巨大的变化：留声机代替了吉他，短小的爵士歌曲替代了民歌式的长篇叙事诗。他喜欢把柏林比作冰冷的芝加哥，在它灰色的冷漠的怀抱里，他找到了此生最大热情的所在：创作叙事剧（Episches Theater，也常译为"史诗剧"）。柏林为他的戏剧实验提供了取之不竭的艺术素材。他观察和接触柏林各个阶层各色人物，尤其把目光投向底层民众，耳闻目睹"城市丛林"处于食物链底端的劳工阶层的苦难和悲鸣，这些画面和声音挤占了头脑和心灵，使他放下自我，无暇再搞虚无主义那一套了。怀着巨大的悲悯和改变社会的决心，布莱希特决意通过他的戏剧使卑微者从此被听见、被看见，并呼吁无产阶级团结起来，抵抗不公。

> 不必在意小小的不公，不久
> 它就会结冰，源于自身的寒冷：
> 想想泪谷的黑暗和巨大的寒冷吧
> 谷中回荡着痛苦的呻吟。
> 踏上征程，去和大盗战斗
> 将他们统统打倒，速速战胜：
> 他们才是黑暗和寒冷的源头
> 他们使山谷响彻痛苦的呻吟。
>
> （1928，《三毛钱歌剧》）

《城市居民读本》（*Aus dem Lesebuch für Städtebewohner*）这组创作于二十年代中后期，一九三〇年在柏林 Gustav Kiepenheuer 出版社出版的诗作是对"城市丛林"体验的最好注解，这些诗歌完全无意于传统"读本"人文、道德、审美的教育的功能，它们冷峻的、几乎剔除了情感的语言就如同"城市生活的现实"。借助"读本"这个名称，布莱希特为魏玛共和国最后几年动荡岁月里的革命者和后来的流亡者提供了"行动指南"，比如要切记"抹去痕迹！"

> 你要在火车站辞别你的同伴
> 你要在清晨进城，扣紧外套的纽扣
> 你要给自己找个住处，如果同伴敲门：
> 你不要，哦，不要开门
> 而是
> 抹去你的痕迹！
>
> 假如你遇见父母，在汉堡或别的地方
> 要把他们当作陌生人，拐过街角，不要相认，

把他们送你的帽子拉低

你不要，哦，不要露出你的脸

而是

抹去你的痕迹！

（1926，《城市居民读本》之一）

从《城市居民读本》以及同一时期的散作中，我们可以看到布莱希特实用主义诗学的特征已经十分明显。布莱希特与自我圣化、自我献祭的"圣徒"式诗人群体志趣迥异。美国评论家菲利普·格兰（Philip Glahn）形容布莱希特是沉思的、孤独的天才艺术家刻板形象的一剂"解药"。在一九二七年《关于四百个年轻抒情诗人的简短报告》一文中，布莱希特批评里尔克诗歌体现的是一种静态的、精致的、耽溺于幻梦的感伤主义，远离现实，没有实用价值。

"有一大堆著名的抒情诗，它们毫不在意是否为人们所真正需要。印象派和表现主义最后阶段生产出的那些诗歌，无非是些漂亮意象和散发着香气的词语的堆砌……这些所谓的'纯诗'是被高估了。它们已经远离了思绪被表达时的原初姿态，远离了那种即便是异域读者也不觉得隔膜的亲切。所有伟大的诗歌都具备历史记录的价值，它们体现了诗人——一个重要人物的言说方式。我必须承认，我对于里尔克（他的确是一个好人）、格奥尔格（Stefan George）、韦尔弗（Franz Werfel）等人的诗作并不欣赏。"布莱希特对精巧诗风的批判态度与反感自己出身的阶级如出一辙。

我是有钱人家的儿子

我的父母给我脖子上

套了一个装饰衣领，并且让我习惯

被人伺候的生活

还教我发号施令的艺术。但是

当我长大，环顾四周

我不喜欢我这个阶层的人

也不喜欢命令人，被他人伺候

于是我离开了我的阶层，加入了

卑微者的队伍。

（1938，《以充分的理由被赶走》）

批评家库切（J. M. Coetzee）曾说："强大的诗人总是创造自己的世系，并重写诗歌的历史。"布莱希特创建了一个"实用诗歌"（Gebrauchslyrik）和"即兴诗歌"（Gelegenheitslyrik，也可译作"偶发诗歌"）的诗学体系。在布莱希特看来，诗歌应该具有教育作用和政治作用，然后才是文学价值。在这一诗学观下，诞生了以《城市居民读本》为代表的"大城市诗歌"（Großstadtlyrik），也诞生了以《斯文堡诗集》（Svendborger Gedichte）为代表的流亡时期诗作，后者标志着布莱希特诗歌创作上的巨大的转折。

如果说，二十年代的布莱希特偏爱使用怪异甚至错误的德语，以显示激进的美学，那么三十年代之后，他几乎只使用简明清晰的德语写诗。美国文学批评家乔治·斯坦纳（George Steiner）曾评价布莱希特的语言"就像启蒙课本的语言，拼写出简单的真理"。德国学者和布莱希特专家扬·克诺普夫（Jan Knopf）对布莱希特语言的评价与斯坦纳遥相呼应："布莱希特漫不经心地使用语言，却不惧幽默和矛盾，他的语言以日常用语为导向，但又不被其束缚。"

《斯文堡诗集》彻底告别了《家庭祈祷书》时期戏谑挑衅的、反市民社会的态度，它给那些对诗人政治身份持有偏见的读者带来"意外的感受"。本雅明指出布莱希特诗歌写作上这一明确的转折，同时发现了一种共性。"只要看一看布莱希特从《家庭祈祷书》到《斯文堡诗集》中的发展，人们都会无法自己地意外于这究竟是怎样发生的。《家庭祈祷书》中的反社会姿态在《斯文堡诗集》中发展成了一种亲社会的入世倾向，但这并不是一种新的皈依。最初的信仰，后来并没有受到唾弃，创作于不同时代的诗集中体现出来的共同性更值得关注。在布莱希特的各种日常中，有一种是找不到的，那便是远离政治、远离社会的立场。"在丹麦的茅屋下，在芬兰友人的乡村庄园里，在加利福尼亚的流寓中，远离故土的布莱希特与他所处的时代与德意志祖国的命运前所未有地紧密交织在一起。

> 我们坐卧不安，尽量靠近边境
> 盼着回归的那一天，留意边境另一头
> 最微小的变化，热切追问
> 每一个刚抵达的人。铭记一切，决不放弃
> 也不原谅曾经发生的一切，什么都不原谅。
> （1939，《关于"移民"的称呼》）

自从一九三三年踏上流亡之途，布莱希特逐渐认识到，纳粹的语言系统已经渗透德国人生活的每个方面，诗人和戏剧家该如何回应？此时的布莱希特已经从无政府主义者转变为一名马克思主义者，有了自觉的政治承担。布莱希特抨击纳粹宣传机器和德国民众的愚痴，一针见血："所有'德国科学''德国气质''德国文化'等说法的精确推销，不可遏制地导致了这些'德国耻辱'。"我们不难发现，布莱希特在流亡岁月里创作的诗歌，其政治维度超越了任何其他维度，不乏口号式的政治诗和教育诗，但也涌现了诸如《致后代》《诗歌的坏时代》等"政治抒情诗"的杰作。

> 这究竟是什么时代，甚至
> 谈论树也形同一场犯罪
> 因为它包含对诸多恶行的沉默！
> 安然穿过街道的人
> 于他落难的朋友

是否已遥不可及？

……

但是你们，若能抵达
一个互助的时代
请在回忆我们之时
带着宽容的心态。
（1939，《致后代》）

如果说诗人在《致后代》中以一种邀约对话的形
式解释了自己这代人的艰难处境，请求后代青年能够
给予理解和宽容，那么在写下《诗歌的坏时代》之际，
他已经做出"最终决定"。《诗歌的坏时代》如同一
张紧绷的弓弦，即刻就要射出穿透黑暗的利箭。美好
的事物固然值得书写，然而在黑暗时代，当暴行成倍
积累，不公不义大步走上街头，民众陷入集体的谵妄
或沉默，那么天真和快乐就不再是美德，反而助长了
恶的气焰。诗人这时该做什么？掉转头去，只注目优
美与愉悦的事物，以求超越自我，超越时代？布莱希
特承认自己做不到这般"智慧"。他主张不动摇、不
拖延，在黑暗弥漫之际，必须重复言说和呐喊，尽管
他明白，"对卑鄙的憎恨会扭曲脸部的线条"，"对
不公的愤怒会使声音嘶哑"。作为诗人，他别无选择，
必须坚持做这样一个黑暗时代的言说者，承担起"不
幸消息通报者"的角色，这便是布莱希特的危机诗学。
《诗歌的坏时代》的结尾诗句包含了一个简单却有力
的动作——"走向书桌"。在未来很长的时间里，他
将"被迫"重复这个动作，直到黑暗时代结束。

两个声音在我内心争吵
苹果树开花带来的喜悦
和粉刷匠演讲引发的恐惧。

但只有后者驱使我

走向书桌。

（1939，《诗歌的坏时代》）

"黑暗的时代

也有歌吗？

是的，也会有歌声响起。

唱着黑暗的时代。

（《斯文堡诗集》第二部题词）

布莱希特的人格结构既有一种德国式顽强，又有
务实的灵活和谨慎的乐观。他从未对自身和德国民众
绝望。布莱希特一生都热衷于扮演一名兼职教师的角
色，一个大众的启示者。

逃亡者坐在赤杨树下，重拾一门

困难手艺：希望术。

（《芬兰的风景》）

他懂得舍弃，轻装上阵：

烟 斗

逃向边境时，我把书籍

留给了我的朋友，于是我逃离了诗

但我带上了烟斗，这违反了

逃亡者的第三条规则：一无所有！

书籍并没有多少意义，对于一个

随时等着被抓的人。

小皮袋和旧烟斗，从今往后

能为我做更多。

（1940）

在流亡的后半段，即一九四一至一九四七年美国时期，布莱希特心中的"美国神话"渐渐破碎了。他们这代人的成长史伴随着"美国想象"和"美国梦幻"的日渐丰满。二十世纪头二十年，美国迅速崛起，欧洲却走向没落和战争。美国对于欧洲青年而言是自由、进步、时尚和繁荣的代名词，意味着福特汽车、拳击赛、好莱坞电影、弗吉尼亚雪茄和爵士乐；欧洲则充斥着小布尔乔亚的狭隘趣味，绮丽浮华又忧伤颓废的末日情绪。美国如同血气方刚的青年，而欧洲则是保守落伍的老妇。《德国，你这苍白的金发人》以一句"在你还未摧毁的 / 青年的身体里 / 醒来了一个美国！"戛然而止，似要与一个旧德国旧欧洲来个彻底决裂。

可以说，布莱希特的美国梦在登上加利福尼亚的海岸那一刻起就走向了月亮的阴面，他对加利福尼亚壮美的海岸风景无动于衷，还嘲讽有加："奇怪，我在这样的气候里无法呼吸。空气完全没有任何味道，也没有四季之分。"他逐渐认识到美国文化的高度商业化特征，一切都是可交易的，连自然风景背后都有商业利益，并不是真正的"自然"。他甚至不自觉地要在每一个丘陵带或者每一棵柠檬树上寻找小小的标价牌。从前，家乡的大自然给了他纯粹的生命体验，那是要与大地天空动物植物一起生生死死的热烈与荒蛮；而成熟的布莱希特认为，人过于迷恋自然风光与得一场发烧没什么本质不同，即使想念故乡秋日的风景，也只持续"五分钟"。

加利福尼亚的秋天

我的花园
只有一些常绿植物。倘若我想看看秋天
就开车去朋友的山村别墅。那里
我会站上五分钟，看一株

掉光树叶的树，再看看落叶。

> 我看见一大片秋叶，被风卷起
> 沿街飘荡，我想：多难啊
> 要算出它未来的道路！
> （1941）

更何况，美国时期的布莱希特面临实际生存问题，没有固定的职业，没有像样的收入，一家人的基本生活依赖朋友的接济，还有诸如欧洲电影基金会等资助欧洲流亡艺术家组织的支援。更糟糕的是，无论戏剧创作，还是改投电影业，两者都没有取得显著的成效，布莱希特感到迷失和压抑，《好莱坞哀歌》是这一时期的代表作品：

> 每天早上，为了赚取面包
> 我赶往谎言市场。
> 满怀希望
> 加入卖家的行列。
>
> 好莱坞使我领教
> 天堂和地狱
> 是同一座城：对于穷人而言
> 天堂就是地狱。
> （1942）

战后回归欧洲的布莱希特寻找他的父城，德意志祖国躺在物质和精神的双重废墟中，面目脏污，肢体残缺。"平地的艰难"是重建生活、安顿身心的艰难。当纳粹德国这个明确的敌人消失了，生活本身就成为最大的敌人。最先面临的难题是：该落脚何处——东德、西德还是东南的奥地利或者瑞士？冷战的复杂形势使布莱希特的抉择困难重重，内心有许多声音在较量。

十七年流亡岁月里，他昔日的密友一个个离世：曾经和他下棋和长谈的瓦尔特·本雅明在逃亡途中自杀了；让他深深眷恋的作家和演员玛格丽特·斯黛芬（Margarette Steffin）没来得及踏上去美国的轮船就不幸病逝；他曾手把手调教的演员卡罗拉·内尔逃出了纳粹的魔爪，却没能逃过斯大林的肃反运动，最后死在莫斯科的监狱……这些布莱希特都记在了一首叫《损失者名单》的诗歌里，像一道永恒的伤痕，刻于他后半生的心脏。他祈祷他的少年同学与合作伙伴——天才的舞台设计师卡斯帕·内尔（Caspar Neher）还活在世上：

朋　友

战争把我——剧作家
与我的朋友——舞台设计师，分开了
我们工作过的城市已经消失。
当我穿过幸存的城市，
有时我会说：瞧，那件洗好的蓝衣服
若我的朋友在，会晾得更好一些。
（1948）

作为朋友们当中少数活下来的人，布莱希特曾梦见许多根手指在指着他，"适者生存"这句话听着叫他羞愧——黑暗时代的幸存者常常无法摆脱罪责感。然而布莱希特是永远"行动在当下"的人，在他看来，人只要活着，哪怕是变成瞎子聋子瘸子，也有其用处，而自怨自怜、忧郁厌世不能创造价值。布莱希特作品的最早出版者哈特菲尔德（John Heartfield）曾经这样评价他的老朋友："他有两个特点使我一直深受触动，并且唤起我的一种惊异甚至是妒忌的感情。这就是，他丝毫不多情善感，从不惋惜地回顾过去。"恰是这种个性帮助布莱希特度过了艰难岁月（他也因此遭到敌对者的抨击，被认为是个投机主义者）。他最终选择了东柏林定居，这个决定既出于参与建设一种全新社会形态的信仰，也有实际的考量，因为几家有影响力的剧院：船坞剧院、德意志剧院和人民剧院都被划在了东柏林界内。

花　园

湖边，冷杉和银杨重重树影间，
围墙和灌木遮护着一座花园，
精心种植着应季之花
从三月到十月都鲜花盛开。

清晨，我偶尔会在此地稍坐
希望我也总能
在不同的日子里，无论天气好坏
展示一些令人愉悦的事物
（1953）

"花园"象征了一个秩序井然、边界分明的社会，具有规划得当，多元化且不乏自由的社会生活。这既是布莱希特对战后诞生的崭新国家——民主德国的期望，也是对自己在这个新社会里该扮演的角色的期许。这是一首适应与超越的自勉之诗。

穿过露易莎大街的废墟

一个女人骑着自行车
穿过露易莎大街的废墟
手攥一串葡萄，葡萄在车把手上晃荡
她边骑车边吃葡萄。鉴于
她的好胃口，我也食欲渐旺
且不仅仅只对葡萄。
（1949）

斯坦纳评价布莱希特的诗就像一次次"日常的探访和呼吸"。扬·克诺普夫也觉察到布莱希特诗歌中这种普遍性："他的诗总是写于对外部世界的观察之际，它们是真正意义上的'即兴诗'。"《穿过露易莎大街的废墟》的诗行像一阵夏风轻轻掠过，恰好被诗人捕捉，这是生命中久违之"轻"。尘埃落定的布莱希特，日常场景和瞬间频繁地进入到诗语中心。微小的即兴享受和早期大张旗鼓的纵欲之乐有本质的区别。他在生命最后几年写的短诗，常常闪烁着世俗智慧，《愉快地吃肉》代表诗人奉行灵活的、不教条的生活态度，《可爱的气味》既诙谐又温暖，透着返璞归真的生活真味。布莱希特认为："所有的艺术都奉献于一种最伟大的艺术，即生活的艺术。"

可爱的气味

农民花园里的玫瑰，散发天鹅绒般的香气
芝麻面包棍，香得珍贵。
但怎么能说
汽油味就闻着不好？
新鲜的白面包
桃子和开心果的味道也很好，但没有什么能否定
汽油的味道。
即使雄马
骆驼和水牛的气味
行家闻着也倍感愉悦，但是，令人无法抗拒的
只有汽油的味道。

（1950）

诗歌即便不读出声，也能在默读中体味其音高、音色和音律。布莱希特早期诗歌是一路高音，回肠荡气；后期的诗歌则如同低音贝斯伴奏的素朴短歌，总是短短几行，像是在和朋友随意聊天。五十多岁的布

莱希特写诗越来越"节俭",也越来越自由了。从前那些美妙的形容词和丰富的韵脚、天才的想象早已遁离,他"随意"地串联名词,它们如同大大小小的思想谷仓、情感的密封罐、日常印象的陈列室,或者简单标识的人生站台。布莱希特的名词叠加罗列之法,与埃兹拉·庞德的意象派的玄妙效果有着显著的不同。布莱希特曾在《关于不规则节奏的无韵诗》一文中说自己并不讲究诗歌的音韵。"韵脚会让诗歌成为一段相对封闭的,在耳边倏忽飘过的东西,均匀规律的节奏未必可以充分勾连彼此,反而需要另加以阐释,导致许多现实的表达无法进入诗歌内部。"布莱希特的诗歌更是一种直接的、当下的言说。这种骤发性的,看似质地粗糙的诗歌写作,更接近生活的真实和人性的真实。

愉快的消遣

清晨望向窗外的第一眼
一本失而复得的旧书
兴奋的脸
雪,季节的变化
报纸
狗
辩证法
淋浴,游泳
从前的音乐
舒适的鞋子
领悟
新的音乐
写作,种植
旅行
歌唱
心怀友善
（1954）

德国文学评论家和作家 F.N. 梅奈迈尔（F. N. Mennemeier）认为这首诗总结性地描述了布莱希特一九五四年的生活状态，"它不仅反映了确凿无疑的对此在的欣悦，也是一个乌托邦式的愿景"。这一年布莱希特五十六岁，读了毛泽东的哲学思想代表作《矛盾论》。布莱希特将自己学习《矛盾论》的心得领悟结合他的戏剧创作和舞台经验，写成了系列短文，命名为《舞台上的辩证法》。所以在这首罗列日常事物和活动的小诗中突然出现了辩证法的字眼。"写作"和"种植"并列，暗示了两者之间的关联：都需要计划与规则、热情与耐心，都蕴含着创造的艰苦与品尝成果的欣悦。最后，所有的日常"愉悦"的消遣推向结论性的一个词语"友善"，这既是自我提醒，也是向公众发出的呼吁。伊壁鸠鲁说，最大的善来自快乐，没有快乐就没有善。"友善"是布莱希特思想的重要概念，贯穿一生。他相信，在一个公正和平等的理想社会里，人人帮助人人，才能"让爱和其他产物一起发出充分的共鸣"。

晚年的布莱希特越来越多地使用第一人称写诗，其实他并不把私人情绪当回事，诗中的"我"并不自恋，他绝不浪费时间怜悯自己；在东柏林五十年代的政治处境中，使用"我"，却又不强调"自我"，"我"在其中，又置身其外，仿佛在和一种强制的集体主义身份政治周旋。从前他用诗歌揭露战争和法西斯的罪恶，现在他写诗是有意疏离现实政治。在布莱希特生命的最后七年，他带领柏林剧团坚持不懈地演出他过去创作的全部剧本，却没有再创作出一部新剧。相对安稳的物质生活，东德政府给予他的某种意义上的特权和庇护并没有推动他新剧的创作。无论在艺术上还是政治上，这位马克思主义者都越来越走向孤独。同一年写下的短诗《恰如鱼咬钩时收线的灵巧》便是一首关于孤独的绝唱：

> 恰如鱼咬钩时收线的灵巧
> 同样令人愉悦的
> 是倚在时间的船舷，几无察觉
> 孤独地坐在自己身体这条
> 轻轻摇晃的船上。
>
> （1954）

　　这是一首悲欣交集之诗。"我"既充当水手又是渡客。此刻的孤独是宁静和清醒的，而不是日耳曼精神那半梦半醒的自我沉迷，"我"似乎打算独自飘向水的深处了。布莱希特生命最后一年写的诗，诗体更加简素，如道家箴言，有一种"言说中的沉默"。《在夏利特医院的白色病房里》是生命的尾音，笼罩在明亮的静寂中：

在夏利特医院的白色病房里

> 清晨，夏利特医院的白色病房里
> 刚醒来的我
> 听到一只乌鸫的鸣叫，那一刻
> 我领悟了更多。
> 我早已不再害怕死亡，因为再没有什么
> 可以失去，除了
> 失去我自己。现在
> 我又能感受到愉快，也包括
> 我死后，乌鸫的齐声鸣叫。
>
> （1956）

　　写这首诗的时候，他已在柏林夏利特医院住院四周（该医院创建于十八世纪初，是德国最负盛名的综合性医院，这里诞生过多位诺贝尔生理学或医学奖得主），也许他预感到自己时日无多。这首诗里出现黑白两种颜色，从前他写《战争读本》的箴言诗，也常用黑白作为色彩的修辞：黑色代表危险、混乱、邪恶和死亡，白色则意味着和平、纯洁，良善以及灵光乍现。在这首诗中，白色依然意味着洁净与光明，平和与领悟，黑色却大大减少了邪恶阴沉的味道。乌鸦这种鸟在德国很常见，叫声嘹亮，且有模仿百鸟之音的本领，可说是鸟类世界的"大众歌手"。因此，与其说乌鸦的黑色象征厄运，倒不如说是增添了一抹自嘲的意味。诗人对于死后场景的想象，大有一种解脱的自在。

这一年八月，布莱希特死于心脏病。他的墓地位于生前居所附近的柏林多罗滕施塔特公墓，他长眠在了黑格尔对面。墓碑上除了他的名字，一片空白。有意思的是，布莱希特生前写过好几首墓志铭，为自己，也为马雅可夫斯基、卡尔·李卜克内西和罗莎·卢森堡等斗士。

墓志铭

我逃脱了虎口
养肥了臭虫
吃掉我的
却是庸常。
（1946）

布莱希特如何看待自己的诗歌创作呢？他曾说："我赋予我的诗歌以私人性格，而我的戏剧表达的是一种公共情绪，是客观观察的对象和产物。"比起对待出版诗歌这件事，布莱希特显然更重视戏剧的公众效果。一九五一年，在柏林建设出版社（Aufbau Verlag）推出布莱希特诗选集《一百首诗》（*Hundert Gediche*）之际，布莱希特在写给出版人哈特菲尔德的一封信中，如此陈述他愿意出版这些诗歌的理由："我的这些诗歌也许描述了我，但是它们不是为此目的才诞生的。我关心的不是让人们通过诗去了解诗人，而是去了解世界和事物，去了解诗人试图享受以及试图改变的一切。"这句话再次印证了布莱希特对待自身的态度，那就是：他从不把自己太当回事。他为那本薄薄的诗集特意题写了一首箴言小诗。再版时，小诗被印在了诗集的封底。据说布莱希特流亡美国期间，曾得到一个中国茶树根雕，雕刻的是一只类似狮子的动物，他一直叫它中国狮雕，并相信它是力量与吉祥的象征。

一个中国狮子根雕

坏人畏惧你的利爪，
好人喜欢你的优雅。
我也乐于听见
人们这样评价
我的诗行。
（1951）

也许布莱希特未曾预料，他的诗歌在后世引起的反响绝不亚于他的戏剧带来的举世瞩目的震动。早在一九五〇年，汉娜·阿伦特就指出布莱希特是"在世的最伟大的德语诗人"。二十年后，被奉为"文学教皇"的德国批评家马塞尔·莱希·拉尼奇（Marcel Reich-Ranicki）则抛出预言："布莱希特能流芳后世的作品将首先是诗歌。"乔治·斯坦纳同样认定布莱希特是那种"非常罕见的伟大诗人现象"，并把布莱希特与里尔克并列为"二十世纪上半叶最伟大的两位德语诗人"。然而布莱希特在中国的影响力主要还是在戏剧领域，诗歌的译介才刚刚起步。尤其最近几年，布莱希特的诗歌在中国读者群里引发了广泛的兴趣。这里必须提到翻译家黄灿然先生从英语转译、译林出版社于二〇一八年首版的《致后代：布莱希特诗选》。

黄灿然先生的英译本先声夺人，对布莱希特诗歌在中国的传播功不可没。也正是因为读了他的译本，我萌生了翻译布莱希特诗歌的念头。因为对于布莱希特这样一个伟大的现代德语诗人，除了冯至先生等德语前辈翻译家零星翻译的若干诗歌，以及湖南文艺出版社一九八七年出版的一册薄薄的《布莱希特诗选》（译者阳天），三十多年来竟未曾出版过一部德语直译的诗选本，实与诗人的声名和影响不相匹配，对于中文读者而言，无疑是一个巨大的亏欠。《诗歌的坏时代：布莱希特诗选》以苏尔坎普出版社（Suhrkamp Verlag）扬·克诺普夫编辑的《布莱希特诗歌全集》（2016）为底本，并参考柏林·魏玛建设出版社和苏尔坎普出版社于一九八八年联合出版的两卷本布莱希特诗歌评注版。我所做的工作既是对黄灿然先生英文转译本的呼应承接，也是抛砖引玉，希冀鼓动更多更专业的中国日耳曼文学学者和译者投身于布莱希特诗歌全集的译介和研究中来。

在《诗歌的坏时代：布莱希特诗选》即将出版之际，我写下这些文字，纪念"拜访"诗人布莱希特的日日夜夜，表达一个中国译者对一个伟大的德意志诗魂的敬意。在此要特别感谢广西师范大学出版社"文学纪念碑"主编魏东和诗集特约编辑程卫平为这本诗集付出的热情与心血。如果说生命的价值在于"创造"，那么翻译布莱希特诗歌于我而言，也是"创造"的一种——努力用词语和诗思构建中文诗歌世界里的布莱希特，并企图依附诗人的翅膀，在诗的天空留下伴飞过的浅浅痕迹。

黄雪媛
二〇二三年秋，上海

◆

1913
/
1924

燃烧的树[1]

透过黄昏暗红的烟雾
我们看见一柱赤火焰
熊熊燃向黑色的天幕。
田野那边，在静寂的闷热里
噼噼啪啪
燃烧着一棵树。

惊恐的树枝直戳天空
赤色火雨
将黑色树枝团团包围，疯狂舞动。
火龙烧穿烟雾。
丑陋的枯叶四处翻飞
它们欢呼着，无拘无束，一心化作炭灰
围着老树干肆意嘲弄。

但这棵树燃亮了黑夜，沉静而盛大
像英雄暮年，疲倦不堪
危难之际仍保持威严
始终屹立。

突然，它竭力伸开僵硬的黑枝
身上的紫火焰喷涌而出——
它在黑色的天幕下耸立了片刻

---

[1] 布莱希特十五岁所作，是他留传于世的最早一首诗歌。（本书脚注均为译者注，后同，不另标出）

树干轰然倒地
赤火焰团团飞起。

（1913）

《颂诗》①

白色幻觉

半夜咳醒，像被扼住脖子，我咳得浑身是汗。我的房间过于窄小，盛满了天使长。

我知道：我已爱得太多。我充实了太多身体，消耗了太多橙色天空。我应该被消灭。

那些洁白的，最柔软的身体夺走了我体内的温暖，它们离开我时，个个丰腴。现在，我冻得发抖，人们把铺盖堆在我身上，我快要窒息了。

我怀疑他们用薰香熏我。我的房间已被圣水淹没。他们说：我患了圣水瘾。这病会让我丢掉性命。

情人们捧来一点石灰，这些手我都曾亲吻。我将收到一份账单，上面列着橙色天空、身体，以及其他一些

---

① 以下十三首散文诗选自诗集《颂诗》（Psalmen），创作于一九二〇年。Psalmen原指圣经的"诗篇"或"圣歌"，少时的布莱希特刻意用这种体裁来创作以欲望与反叛为主调的诗歌。诗行透着青春的大胆、迷茫、异域风情和虚无主义的思想，另一方面这些诗也反映了布莱希特早期对圣经文本的兴趣。在很长时间里，这些诗都鲜为人知，直到一九五六年才选取其中三首加到《家庭祈祷书》中。

东西。我支付不起。

我情愿死掉。——我往后靠了靠，闭上眼睛。天使长
齐齐鼓掌。

（选自《颂诗》）

亵　渎

我的裤子不知羞耻地散发爱欲的味道。我再也不洗澡了：我泡在青少年水池里，脸孔朝下。

我的保护天使不时拽住我的头发，企图把我从水中拉起。我索性让头发变成十一月的狗模样。但是我在水中也会光着头。

他总是让我的脑袋充满空气，好让我向上漂浮。但是我使劲咬住水草，因为脑袋不可靠。

圣体匣也满足不了我，我总是被圣饼呛住，鸡蛋和热可可才能满足我，我的灵魂渴望它们：就是这样。

（选自《颂诗》）

来自水族箱的歌

我喝干杯中酒。因为我受到了引诱。

我曾是一个孩子，那时人们爱我。

我始终纯洁，所以世界对我绝望。它倒在我面前，在地上打滚，四肢柔软，屁股诱人。但我不为所动。

当它闹得太过分，为了让它安静，我躺到它身旁，于是我不再纯洁。

罪孽使我心满意足。天亮时分，哲学帮了我一把，我躺着，头脑清醒。我变成了人们希望的样子。

我久久仰望天空，似乎天空在为我伤悲，但是我也发现，我对它无足轻重。天空只爱自己。

我早已淹溺。我趴在水底。鱼儿们住在我体内。大海已一滴不剩。

（选自《颂诗》）

我是芝加哥的一支乐队

我是芝加哥的一支乐队。黑佬们把长凳当鼓，厚鞋底叩击吐满唾沫的木板，矿工们身旁丢满烟蒂。我拉起马赛曲。

我是下诺夫哥罗德的一家肉铺。红皮肤、大嗓门的小伙来我这儿买肉，大太阳下一阵狼吞虎咽。到了晚上，如果肉全部卖光，我便浑身松快。

我是海底的一艘沉船，体内寄居着一条肥电鳗，它曾被一个荷兰人吞咽；还有几个身材臃肿、态度倨傲的家伙，淌着大汗，衬衫湿透。我拥有一堆机器，当鱼群游入，厨房就会唱起歌。我厌倦了总是躺在左侧。

我是喜马拉雅山的一座雪峰，接受高原空气疗养。我在思考我来世间的目的。

（选自《颂诗》）

亲爱的，我知道

一

亲爱的，我知道：如今荒漠般的生活使我脱发，我不得不躺在石头上。如你们所见，我喝着最便宜的烧酒，我只在风中来去。

二

但是亲爱的，我曾有过一段纯洁的时光。

三

我曾有过一个女人，她比我顽强，就像草比牛顽强：草会重新挺立。

四

她发现我的坏，然后爱上了我。

五

她不曾问，她的道路伸向何方，也许一直朝下。当她把身体交给我，她说：这是全部。于是它成了我的身体。

六

现在，她已不在任何地方，像一朵雨后的云，无影无踪。我丢下她之后，她一路坠落，这就是她的路。

七

但是，偶尔在夜里，当你们看见我喝酒，我会看见她的脸，风中苍白、顽强的一张脸，对着我，我于是躬身向风。

（选自《颂诗》）

关于我母亲的歌

一

我已不记得，她未患病前的脸是什么模样。她疲倦地抹开额前的黑发，额头很窄，我还记得她手的样子。

二

二十个冬天威胁过她，她的苦痛多得难以计量，死亡在她面前也感到羞愧。她死后，人们发现她的身体缩成孩童形状。

三

她是在森林里长大的。

四

她临死之际，大家围着她，盯着垂死之人太久，脸变得僵硬。他们原谅了正在受苦的她，在身体彻底垮掉之前，她就已经分不清眼前谁是谁。

五

许多人离开时，我们并未挽留。所有的话都已说完，再也没什么可说的。告别时，我们的表情僵硬。但是，最重要的话我们还没有说出口，惜字如金。

六

哦，为何我们不说出重要的话，这并非难事，如今我们将受到诅咒。它们都是些轻言细语，已经涌到嘴边，我们一笑，它们就会掉出来，喉咙一阵窒息。

七

现在，我的母亲已经死了，死在昨天，五月一日的晚上！再也无法用指甲把她刨出来了！

（选自《颂诗》）

关于赫

一

听着，朋友，我要为你们唱一曲赫之歌，皮肤黝黑的赫，做了我十六个月的情人，直到死亡降临。

二

她不会变老了，她有一双不加选择的手，为了一杯茶，她出卖肌肤，为了一根鞭子，她出卖自己！她在柳树间疲惫地奔跑，赫！

三

她献出自己就像呈上一枚水果，但没人想要她。很多人把她含在嘴里，又吐出，赫，善良的赫！赫，我的情人！

四

她的头脑明白女人是什么，但她的双膝却犯糊涂。在亮处，她能看清路，到了暗处，她就认不得。

五

她在夜里愁闷万分，赫，虚荣而盲目，女人是夜兽，但赫不是。

六

赫没有碧聪明，可爱的植物碧；赫总是乱跑一气，她不长心眼，没有想法。

七

所以她死在了二十岁的第五个月，趁无人注意，死亡悄然而至，她死得很快，像一朵云，无影无踪：就像她从未来过。

（选自《颂诗》）

一轮肉色太阳升起

一

一轮肉色太阳升起，午夜过后，它只呼吸四次便照亮了东方，滚滚浩风下，从菲森到帕绍的草地正展开关于生命热情的宣教。

二

偶尔，载满牛奶和乘客的火车驶过，割开麦田的海洋；雷鸣般的轰响，空气敛息屏声，光影投在巨大的岩石间，静静的田野笼罩着中午的气氛。

三

田野里的人影，神情放浪，动作缓慢，在为岩石上的苍白面孔效劳，正如白纸黑字的拟定。

四

因为神创造了大地，而大地带给我们面包，神还赐予我们褐色的胸脯。面包落肚，与神创造的奶牛的牛乳混合。那么，风又为何而来，在树梢如此欢畅？

五

风起云涌，云化作雨，落入田野，面包诞生。现在，让我们怀着对面包的情欲造出小孩，小孩再吃掉面包。

六

这便是夏天。绯红的风搅动原野，六月末，气息变得异常浓郁。龇牙咧嘴、赤身裸体的男人，怪物般的面孔，在高高的天上向着南方浪游。

七

小木屋里，夜晚的灯光像鲑鱼。人们在庆祝肉体的复活。

（选自《颂诗》）

七月，你们从池塘钓起我的声音

一

七月，你们从池塘钓起我的声音。我的血管里淌着白兰地。我的手是肉做的。

二

池水漂黑了我的皮肤，我变得像榛树枝条般坚硬，我可以很好地做爱了，我的情人们！

三

火热的太阳下，我喜欢坐在岩石上弹着吉他：琴弦是牲口肠子做的[①]，能发出动物的歌声，吞下一些小曲。

四

七月，我和天空相爱，我唤它"蓝"，它壮美，透着紫红，它爱我。这是男人间的爱。

五

天空变得苍白，每当我折磨我的吉他，模仿田野红色的情欲，就像母牛交媾时的呻吟。

（选自《颂诗》）

---

① 以前的吉他琴弦常常是用羊肠制成，绵羊和羊羔的肠子具有很好的伸缩弹性，经过特殊工艺制作成羊肠弦。

他们还指望我什么

一

他们还指望我什么？

我已摊开手中牌，吐出全部樱桃酒

把书统统塞进炉子

我已然爱过所有女人，直至她们发出海怪[1]的臭味

我已然成圣，耳朵极其懒怠，近来突然罢听。

为何还不让我安宁？为何院子里还站着人

像垃圾桶期待垃圾？

我早已透露，不该再指望我唱起雅歌[2]

我已派出警察追踪买家

不管你们找的是谁：反正不是我

二

我是兄弟们中间最实际的那一个——

我用我的头脑！

我的兄弟个个残忍，而我是最残忍的那一个——

还有：我在夜里哭泣！

三

自从有了法典，恶习就破了产

---

[1] 原文为 Leviathan，也可音译为利维坦，是《圣经·旧约》中的龙形海怪。

[2] 雅歌，《圣经·旧约》"智慧书"第五卷。雅歌意为"歌中之歌"，即卓越绝伦的歌，以歌颂两性之爱为主。

睡在姐妹处，了无乐趣。
对很多人而言，杀人太疲累
写诗太普通。
种种现实令人不安
出于对危险的无知
许多人宁愿道出真相。
交际花打算腌肉过冬
魔鬼不再接走最中意的人物。

（选自《颂诗》）

上帝的黄昏之歌

黄昏，蓝色的风把上帝吹醒，他看见头顶的天空变成苍茫的暮白，他怡然享受。随即，盛大的宇宙赞美诗合唱在他耳畔响起，上帝精神一振，凝神细听：
洪水中即将淹溺的树林的叫喊
老旧的褐色木屋发出的呻吟，像不能承受家具和人类之重
田野被夺走了力气，疲倦地干咳
最后一头猛犸的肠胃发出巨响，结束了在地球上艰辛又幸福的生命。
大人物的母亲忧心忡忡的祈祷声
白色喜马拉雅山脉冰川的轰鸣，它们在冰冷的孤独中自娱自乐，还有贝托尔特·布莱希特生病时的痛苦
上帝还听见：淹没森林的洪水唱着疯狂的歌谣
酣眠者轻柔的呼吸，老旧的地板成了摇篮
麦田在狂喜中喃喃自语，转经筒缓缓转动
大人物在发表宏论
还有病中的贝托尔特·布莱希特美妙的吟唱。

（选自《颂诗》）

春日颂诗

现在，伙伴们，我要躺着守候夏天。我们已买好朗姆酒，给吉他上好新弦。还有白衬衣需要置办。

我们的四肢像六月青草般猛长，八月中旬，处女们将消失。这个时节无比畅快。

天空日渐温柔明亮，而它的夜晚夺走了睡眠。

（选自《颂诗》）

颂　诗

一

白色水面升至脖颈的那一瞬，我们眼睛都不眨一下。

二

当黄昏的幽暗吞噬我们，我们抽起了雪茄。

三

当我们被天空淹溺，我们没有拒绝。

四

水没有和任何人说起，它曾淹过我们的脖子。

五

报纸没有刊登关于我们的沉默。

六

天空并未听见淹溺者的呼喊。

七

我们曾坐在大石头上，像一群快乐的人。

八

我们杀死了几只议论我们沉默面孔的金丝雀。

九

谁在议论石头？

十

谁想知道，水、黄昏和天空对于我们的意义！

（选自《颂诗》）

失望者的天空

一

在夜与晨的半途
在岩石罅隙赤身受冻
藏身于苍寒的天穹
那是失望者的天空。

二

每千年都有白云
高高飘浮在空中。千年的虚空。
千年的白云总是飘在
高高的天空。洁白，微笑。她。

三

可有时从低处的天空
传来庄严纯净的吟唱：
来自那方信众的天空
温柔的颂诗缓缓向上。

四

巨岩总是笼着寂静
光亮微弱，但也总有光影
忧闷的灵魂甚至厌倦了哭泣
沉默枯坐，没有眼泪，如此清冷。

（1917）

上帝颂歌

一

黑暗的深谷，饥饿的人在死去。
而你向他们展示面包，任由他们死。
你高高在上，谁也不曾将你目睹
永远运筹帷幄，闪耀而残酷。

二

你让年轻人死去，你让享受者死去
一心想死的人，你却让生命苟延……
已经腐烂的人
曾经信仰你，死时仍抱有希望。

三

在一些年份，你让穷人穷困潦倒
因为他们的憧憬比你的天堂美妙
他们死后，你才光华灼灼地驾到
但他们依然死得安详，迅速腐烂……

四

许多人说，你并不存在，这样更好。
但骗术如此厉害，这如何能不存在？
许多人都赖你而生，无法以别的方式死——
告诉我，你不存在——反面又是什么？

（1917）

妓女伊芙琳·罗的传说

当春天来临，海水变蓝，
她再也得不到安宁——
她跨上最后那艘船的甲板
年轻的伊芙琳·罗！

一条粗山羊毛的披肩
裹住超越凡间的身体
除了一头迷人的头发
她不戴任何珠宝金银。

"船长，让我随你一同去圣地
我要把耶稣基督找寻！"
"女人，和我们同去，我们是一群傻子
而你如此光彩照人。"

"主会奖赏你们！而我只是个可怜女人。
我的灵魂属于耶稣。"
"那就把你可爱的身体交给我们！
你敬爱的主再也无法付钱给你
因为他早已死去。"

他们迎着阳光与风航行
他们爱着伊芙琳——
她吃着他们的面包，喝着他们的酒
可她总是哭泣！

他们夜里跳舞。他们白天跳舞
他们丢下舵不顾——
伊芙琳·罗如此羞怯，如此柔软
而他们比石头还硬！

春天过去了。夏天消逝了。
她也许穿着一双破烂鞋子在夜里奔走
绕着桅杆走啊走，眺望灰色的天空
寻找一个安静的海滩
可怜的伊芙琳·罗。

她夜里跳舞，她白天跳舞。
憔悴不堪，病病恹恹。
"船长，我们什么时候才能到达
基督的圣地？"

船长躺在她怀里
亲她，笑她：
"我们永远也到不了那里，这是谁的错，
肯定是伊芙琳·罗。"

她夜里跳舞。她白天跳舞。
像一具沉闷的尸体。
从船长到最年轻的男孩
都已对她厌倦透顶。

她披着一件丝绸长袍
病恹的身体布满硬结
皱巴巴的额头

顶着肮脏的乱发。

"耶稣基督，我再也见不到你
我是这样一个罪恶之躯——
你不能见一个妓女
我这样一个可怜女人。"

她绕着桅杆走啊走
她的心和脚都无比疼痛
也许，她是在夜里走的，没人注意——
也许，她是在夜里走到了海中！

那是寒冷的一月——
她漂了很远很远
直到三月或四月
花朵刚刚绽开！

她把自己交付给黑暗的海浪
海水把她洗得洁白——
她也许比船长更早到达
那片圣洁的地方！

春天，她来到天堂
彼得把门紧紧关上：
"上帝交代过我：'不许接待
妓女伊芙琳·罗！'"

她来到地狱
他们紧紧把门锁上。

魔鬼喊："我不能接待
虔诚的伊芙琳·罗。"

她穿过风，穿过星空
她总在徘徊流浪——
深夜，我看见她穿过田野
步履蹒跚，但从未停下脚步
可怜的伊芙琳·罗！

（1917）

巴尔之歌

女人屁股丰满，我会把她撂倒在青草地。
宽衣解带，阳光灿烂——我喜欢这样。

如果她兴奋地咬我，我就用青草擦拭
嘴巴，咬痕，腹部和鼻子：擦得干干净净——我喜欢这样。

如果她激情似火，玩过了头
我会微笑着握手别过：态度友好，我喜欢这样。

（1918，选自《弦歌集》）

《家庭祈祷书》[1]

关于杀婴犯玛丽·法拉尔

一

玛丽·法拉尔，生于四月
未成年，毫无特点，佝偻病患者，孤儿。
似乎一向品行端正，她以如下方式
杀死了一个婴儿：
她说，怀孕第二个月她就跑到
一个女人的地下室
想用两针打掉腹中胎儿
当时肚子剧痛，但胎儿并没有流出。
但我请求诸位不要陷入愤怒
因为所有造物都需要他人的帮助。

二

她说，她还是根据约定
付了打胎的费用。从此以后，她绑紧腹部
还喝过掺了胡椒粉的烧酒。

---

[1] 又译《家庭训诫书》或《家庭启示录》，是布莱希特一九二七年出版的诗集，写于一九一六至一九二五年。该诗集着眼于对路德赞美诗、圣经短歌和民谣的滑稽模仿（Parodie）。滑稽、讽刺、不和谐和反高潮是这部诗集大多数诗歌的显著特点，也是青年时期布莱希特的代表诗集之一。本诗集收录了其中十九首。

除了腹泻厉害，毫无效果。

她的身体日渐臃肿

还经常疼痛，常在洗碗时发作。

她说那时她还能应付。

她向玛利亚祈祷，对圣母寄予厚望。

但我请求诸位不要陷入愤怒

因为所有造物都需要他人的帮助。

三

但她的祈祷毫无作用

毕竟她的要求有些过分。她越来越胖

晨祷时头晕目眩，常常一身大汗

在祭坛下常因恐惧而淌汗不止。

但她死守着秘密

直到分娩那一刻来临

还好没露馅，因为没人会相信

她，毫无魅力，竟会受到诱引。

但我请求诸位不要陷入愤怒

因为所有造物都需要他人的帮助。

四

她说，那天清早

她在打扫楼梯，突然腹部

像被钉子穿孔，痛得浑身发抖

但她忍住疼痛，不敢声张。

整整一天，她绞尽脑汁

晾衣服时她想，也许是要生了

她的心变得沉重，直到很晚才回房间。

但我请求诸位不要陷入愤怒

因为所有造物都需要他人的帮助。

五

她躺在床上，又有人来喊她

刚下过雪，她得去清扫积雪

一直扫到夜里十一点。这一天无比漫长。

直到半夜她才能悄悄分娩。

她说，她生下了一个儿子

和别人家的儿子没什么不同。

但她却和别的母亲不同。尽管如此：

我没有理由鄙视她。

但我请求诸位不要陷入愤怒

因为所有造物都需要他人的帮助。

六

请允许她继续讲述

她的儿子后来情况如何

好叫我们看看，你我又是什么样的人。

（她说，她不想隐瞒什么）

她说，她躺到床上没多久

就感到一阵恶心

接下来该如何是好

她强忍着没有哭叫。

但我请求诸位不要陷入愤怒

因为所有造物都需要他人的帮助。

七

她说，她的房间像个冰窟

她用尽最后的力气

把自己拖到厕所

（她不记得什么时辰），大概天快亮时

她不管不顾地生下了婴儿。她说当时

人已经迷糊，冻得半死

根本抱不稳孩子

因为仆人厕所挡不住大雪飘入。

但我请求诸位不要陷入愤怒

因为所有的造物都需要他人的帮助。

八

从房间到厕所的地上——她说

本来空空如也，突然响起了婴儿的啼哭

这让她十分恼火

她举起两个拳头一通捶打

捶个不停，直到他不再出声。

之后她还带着死婴

上床睡觉，度过余下的夜晚

早上她把他藏进了洗衣间。

但我请求诸位不要陷入愤怒

因为所有的造物都需要他人的帮助。

九

玛丽·法拉尔，生于四月

死于迈森的监狱

法院给这个未婚母亲判了刑

以向诸位展示众生的缺陷。

你们在干净的产床上顺利分娩

并称隆起的小腹是上天的"恩典"

你们该不会谴责那些堕落的弱者

她们固然罪孽深重，但她们的苦痛也深重。

因此我请求诸位不要陷入愤怒

因为所有的造物都需要他人的帮助。

（选自《家庭祈祷书》第一部）

气息的礼拜仪式

一

从前，有个老妇人走来

二

她没有面包吃了

三

面包被军队吃掉了

四

她掉进了阴沟，阴沟很冷

五

她不再感到饥饿。

六

于是，鸟儿们在树林里沉寂
树梢一片寂静
群峰之巅，你几乎
感觉不到一丝气息。[1]

---

[1] 引文出自歌德的《漫游者的夜歌》（Wandrers Nachtlied）一诗，布莱希特此诗标题中的"气息"（Hauch）一词也与歌德诗末的同一个词呼应。

七

来了一个法医

八

他说：老妇人在装腔作势

九

于是人们埋葬了饥饿的老妇人

十

老妇人不再开口说话

十一

只有医生还在嘲笑她。

十二

鸟儿们也在树林里沉寂
树梢一片寂静
群峰之巅，你几乎
感觉不到一丝气息。

十三

有个人独自走来

十四

他毫不在乎所谓秩序

十五

他发现了事件的漏洞

十六

他是老妇人的一个朋友

十七

他说：人得有东西吃，拜托！

十八

于是，鸟儿们也在树林里沉寂
树梢一片寂静
群峰之巅，你几乎
感觉不到一丝气息。

十九

一个警官走来

二〇

他随身带一根橡胶警棍

二一

他把那人的后脑勺打得稀烂

二二

然后那人就没再开口

二三

但警察开口了，声音很响亮：

二四

所以！鸟儿们也在树林里沉寂
树梢一片寂静
群峰之巅，你几乎
感觉不到一丝气息。

二五

来了三个大胡子

二六

他们说，这可不是一个人的事

二七

他们说啊说，直到枪声响起

二八

蛆从他们的肉里钻出爬到腿上

二九

于是大胡子男人们不再说话

三〇

鸟儿们也在树林里沉寂
树梢一片寂静

群峰之巅，你几乎
感觉不到一丝气息。

三一

呼啦啦来了一群红色的男人

三二

他们想和军人谈谈

三三

但军人们只和机枪说话

三四

红色男人没再开口说话

三五

但他们的额头上有了一道皱纹

三六

鸟儿们也在树林里沉寂
树梢一片寂静
群峰之巅，你几乎
感觉不到一丝气息

三七

后来，一头红色的大熊走来

三八

它对这里的习俗一无所知，它来自海的另一边

三九

它吃掉了树林里的鸟儿

四〇

鸟儿们不再沉默
树梢不安降临
群峰之巅，你已感觉到了
一丝气息。

（选自《家庭祈祷书》第一部）

晨间致一棵叫"绿"的树

一

昨夜是我冤枉了您；
狂风呼啸令我难以安眠。
我望向屋外，看见您晃晃悠悠
活像一只醉猴，绿，我替您害羞。

二

现在我承认，是我错了：
您经受了生命中最残酷的战斗。
秃鹫也对您刮目相看。
它们已懂得您的价值。

三

今天，金色阳光在您光秃的枝条间闪耀
可是绿，您是否在悄悄抖落泪珠？
是否感到孤独无助？
是的，我们生来不属于大众……

四

见到您后，我后来睡得不错
今天您是否疲倦？请原谅我多嘴！
在楼宇间长高，并非易如反掌
绿，您如此挺拔，所以才招来昨夜风暴？

（选自《家庭祈祷书》第一部）

关于弗朗索瓦·维庸[①]

一

弗朗索瓦·维庸是穷人家的孩子
儿时的摇篮是阵阵凉风
少年时代尝遍风刀霜剑
美丽的事物唯有头顶的天空。
弗朗索瓦·维庸从未睡过一张床铺
他早早发现，凉风的滋味让他满足。

二

脚上的血和屁股的伤
让他懂得石块比岩石更锋利。
他很早就学会向别人丢石块
还学会了在别人身上翻滚。
当他伸手去够毯子：
他很快发现，摊开手脚滋味美妙。

三

他没有资格在上帝的餐桌边吃喝
上天的恩惠从未降临到他身上。
他被迫拿起刀子刺人
还把脖子伸进了他们的绳套。

---

① 弗朗索瓦·维庸，法国十五世纪杰出的抒情诗人，死亡是其诗歌
创作的主题，代表作有《大遗言集》。一生中多次因犯罪而遭监禁
或流放，一四六三年被巴黎法院判为绞刑，后改为流放。

他叫人舔他的屁股

当他吃吃喝喝，觉得味道美妙。

四

上天的奖赏从未将他眷顾

警察早早击碎了灵魂的骄傲。

然而这个人也是上帝的儿子。——

风雨中无尽逃亡

绞刑架在向他招手，作为最后的奖赏。

五

弗朗索瓦·维庸死在逃亡途中

被抓获之前，掉进了灌木丛的陷阱——

但他不羁的灵魂可能还活着

久远得就像这首不朽的歌谣。

当他摊开四肢，渐渐死去

他才艰难地发现，摊开手脚滋味美妙。

（选自《家庭祈祷书》第一部）

奥尔格[①]的歌

奥尔格告诉我：

一

这世上他最喜欢的地方
不是父母坟墓旁的草坡。

二

奥尔格告诉我：这世上他最喜欢的地方
一直是厕所。

三

一个让人满足的地方
上面有星星，下面有屎尿。

四

这个地方无比美妙，是一个人
成年后可以独处的地方。

五

一个谦卑之地，你能敏锐地发现
你是一个什么都留不住的凡胎。

------

① 奥尔格是指格奥尔格·普夫兰策尔特（Georg Pflanzelt），是布莱
希特青少年时代的好友，《巴尔颂歌》一诗正是献给他的。

六

一个肉体休憩的地方

你可以轻柔但坚定地为自己效劳。

七

一个智慧之地，你可以让肚子

腾出地方，迎接新的快乐。

八

在这里，你会明白自己是个什么货：

一个边拉边吃的家伙！

（选自《家庭祈祷书》第二部）

关于世界的友好

一

在寒风呼啸中呱呱坠地
你们全都是赤身露体的婴儿
冻得发抖，无依无靠
直到一个女人将你们裹入褙褓。

二

无人将你们呼唤，不被任何人需要
也没有人把你们接走。
在这人世间，你们不为人知
直到一个男人牵起你们的小手。

三

世界没有亏欠你们什么
若你们想走，无人会挽留。
孩子啊，也许在很多人眼中，你们没什么不同。
但也有许多人为你们泪流。

四

离开寒风呼啸的大地
你们满身伤病。
几乎每个人都爱过这人世
当人们为他撒落手中的泥。

（选自《家庭祈祷书》第二部）

关于爬树

一

夜晚，当你们从水里钻出——
你们必须赤裸身体，皮肤也须柔滑——
微风轻抚，还要去爬
你们的大树。天空也要苍茫。
去挑选大树吧！在夜里它们幽暗
缓慢地摇晃着树梢。
你们要藏在树叶里，等候夜的降临
额前梦魇与蝙蝠环绕！

二

灌木丛的坚硬小叶
刺痛你们的脊背，必须用背抵住
更大的树枝；微喘着
你们爬到了枝杈的高处。
在树上摇晃是多么美妙！
但你们不能用膝盖摇！
你们要把自己当成树梢：
一百年来，每个夜晚：树轻摇着它的树梢。

（选自《家庭祈祷书》第二部）

关于在湖里与河里游泳

一

苍白的夏日，当高处的风儿
只在大树的叶间穿梭
我们要泡在河水或池塘里
像梭子鱼藏身其间的水草
水中的身体变得轻盈。当手臂从水中
轻轻伸入天空
微风忘情地将它摇晃
误把它当成褐色的枝条。

二

中午，巨大的寂静笼罩天空。
燕子飞来时，我们闭上眼睛。
泥浆温暖。清凉的水泡冒出
我们知道：一条鱼已从身边游过。
身体、大腿和沉默的手臂
静躺在水中，与水融为一体
只有当清凉的鱼儿穿过
我才会感觉阳光照耀着池塘。

三

傍晚，已在水中泡了很久
无比慵懒，四肢开始痒痛
此时要不顾一切，拍击水花
把自己扔进蓝色的河流，任凭河水冲刷。

最好能坚持到夜里。
会有苍白的鲨鱼天空
在河边和灌木丛上方，凶狠地俯视
于是，万物顺服。

四

当然，你必须仰躺
按通常的做法，随波逐流。
无须游动，不，你只须把自己
当作水中千万卵石中的一块。
此时你就望着天空，想象
被一个女人抱拥，千真万确
无须忙乱，就像亲爱的上帝
夜里还在他的河里游泳。

（选自《家庭祈祷书》第二部）

复活节前夕黑色星期六的十一点之歌

一

春天，在绿色的天空下，迎着
恋爱的狂风，狂躁的我
驶向黑色之城，一路往下
心壁贴满冰冷的话。

二

我用黑色沥青动物填充自己
我用水和喊叫填充自己
把我变冷，变轻，亲爱的
可我依然虚空，依然很轻。

三

它们也许在我的墙上穿了洞
又咒骂着从我体内爬出
我的体内一无所有，除了空旷与寂静
它们骂道：我只是一张纸。

四

我冷笑着从屋宇间滚落，
一路滚到野地。轻，庄严
风以更快的速度穿过我的墙壁
雪还在下。我的体内下起雨。

五

狡猾的家伙用可怜的长鼻寻觅
发现我身体里一无所有。
野猪在我体内交配。乳白天空下
乌鸦在我体内撒尿。

六

比云更柔！比风更轻！
隐形！轻盈，粗鲁，庄严
像我的一首诗，当我飞过天空
与一只飞得更快的鹳同行！

（选自《家庭祈祷书》第二部）

大感恩诗

一

请赞美包围你们的夜与黑！
来吧，请聚到一起
抬头眺望夜空：这一日
已从你们身边流逝。

二

请赞美青草和动物，在你们身旁生生死死！
看啊，它们和你们
一样生
也和你们一样死。

三

请赞美树，从腐殖世界向着天空欢腾生长！
赞美腐尸
赞美吞噬它的树
也要赞美天空。

四

请衷心赞美天空的健忘！
因为它并不知晓
你们的名字，也不记得你们的脸庞。
没有人知道，你们还活在这世上。

五

请赞美寒冷、黑暗和腐烂！

看看这大千世界：

一切并不仰仗你们

你们且可安心死掉！

（选自《家庭祈祷书》第二部）

冒险家谣

一

被阳光晒伤，被雨水撕烂
蓬乱的头发顶着偷来的桂冠
他忘了整个青春，唯独没忘记青春的梦
忘了漫长的屋顶，却永不忘记屋顶上的天空。

二

你们这些被逐出天堂和地狱的人啊
你们这些受尽苦难的杀人犯
为何不待在母亲的怀中
在寂静中酣然入眠？

三

他依然在苦艾酒的海中寻觅
虽然已将母亲忘记
他依然笑着，骂着，有时难免哭泣
要去寻找有更好生活的地方。

四

在地狱漫步，受天堂鞭笞
沉默，冷笑，脸庞渐渐消失
偶尔他会梦见一小片草地
上面是蓝蓝的天空，再没有其他东西。

（选自《家庭祈祷书》第三部）

汉娜·卡什之歌①

一

身着花裙，头戴黄巾

一双黑色大海般的眼睛

她没有钱，也没有天赋

只有一头长长的黑发，

一直垂到更黑的脚趾：

这就是汉娜·卡什，我的孩子

她把"绅士们"连哄带骗

风吹过热带草原

她随风而来，随风而去。

二

她没有衬衫，也没有鞋子

也不懂唱什么赞美诗！

她像一只猫溜进都市

像一只小灰猫挤在木头堆

和黑色运河的尸体间。

她洗苦艾酒的杯子

却从来洗不干净自己

然而汉娜·卡什，我的孩子

一定也曾纯洁。

---

① 此诗与《妓女伊芙琳·罗的传说》多有关联，常被视为后者的续作。所不同的是，此诗描绘的是在大城市打拼的穷女子。卡什（Cash）和肯特（Kent，源自 cent）两名字都暗示了（缺）钱是他们生活中至关重要的影响因素。

三

一天夜里，她来到水手酒吧
闪着一双黑色大海般的眼睛
鼹鼠头发的杰克·肯特
水手酒吧的刺刀杰克
叫她跟他一起走！
粗野的肯特挠着头皮
眨眨眼睛，
汉娜·卡什，我的孩子，她感到他的目光
一直扫到她的脚趾。

四

他俩在野味和鱼之间"走得更近"
他俩合伙过起了日子
他们没有床，没有桌子
没有野味，也没有鱼
也没给孩子们起好名字。
但无论风雪呼啸，雨水流淌
甚至草原也被洪水淹没
汉娜·卡什，我的孩子
与她亲爱的丈夫待在一起。

五

治安官说他是个恶棍
挤奶女工说他是个废物。
但她说，这有什么？
他是我的丈夫。她自由自在
就喜欢和他在一起。事情就是这样

当他一瘸一拐，当他胡说八道
当他打她的时候
汉娜·卡什，我的孩子
她却只问自己：她是否爱他。

六

摇篮上方没有屋顶
父母扭来打去。
他们年复一年相伴而行
从阿尔卑斯山小镇走到森林
又从森林走向草原。
只要在风雪中
就要一直走下去，直到再也无法前行
汉娜·卡什，我的孩子
总是夫唱妇随，形影不离。

七

没有人穿得像她那般潦倒
她没有星期天
一家人也不会去樱桃蛋糕酒馆
锅里没有煎饼
也没有口琴。
即使天天如此
即使没有阳光
汉娜·卡什，我的孩子
她总是一脸阳光。

八

他也许偷了鱼，她也许偷了盐

情况就是这样。"生活是艰难的。"

当她把鱼煮熟，看到

孩子们坐在他的膝上

背诵着教义问答：

他们睡在一张床上

经历了五十年的黑夜和风雨

这就是汉娜·卡什，我的孩子

有一天上帝会给她补偿。

（选自《家庭祈祷书》第三部）

回忆玛丽·安

一

那天，蓝色月亮的九月夜
在一棵年轻的李树下，
我静静搂着沉默苍白的恋人，
像搂着一个妩媚的梦。
在我们头顶，夏夜美丽的天空
有一朵云让我久久凝望
它那样洁白，不可思议的高远
当我抬头，它已不知去向。

二

那天以后，许多许多个月亮
在空中沉落，消失。
或许那些李树也已被砍去
若你问我，那段恋情后来怎样？
我会说：我已想不起
不，我明白你想问什么
可我真的再也想不起她的脸
只记得那天我吻过它

三

就连那个吻，我原本也早已忘记
倘若不是有那朵云
我依然记得它，也将永远铭记
它那样洁白，来自高高的天空

李树们也许依然在开花

女人或许已生下第七个孩子

但是那朵云，盛开得如此短暂

当我抬头，它已消失在风中。

（选自《家庭祈祷书》第三部）

巴尔颂歌

一

当巴尔在白色的母腹中生长
天空苍白、静谧，已然壮大
它年轻、赤裸、奇妙无比
巴尔一出世就爱上了它。

二

天空顾自忧愁与欢喜
即使巴尔安然入眠，并未看见：
夜晚，紫色的天空和醉酒的巴尔
早晨，虔诚的巴尔和杏红的天空

三

穿梭于小酒馆、大教堂、救济所，
巴尔坦然自若，后来他戒了酒瘾。
也许他累了，孩子们，但巴尔永不沉沦：
巴尔会扯下天空与他一起。

四

在可耻的罪人中间
巴尔赤身裸体，尽情翻滚。
只有天空，总是天空
稳稳盖住他的裸体。

五

世上伟大的女人，笑着付出自己
他任由她双膝碾压
她给他想要的狂喜
但巴尔没有死去，他只是将她打量。

六

当巴尔发现周围全是尸体
他的欲望成倍增长
还有地方，巴尔说，这里并没有多少人。
还有地方，巴尔说，在这个女人的怀里。

七

巴尔说，如果一个女人给了你们一切
那就由她去操控，因为她已经一无所有！
男人到了女人怀中就不再惧怕，没有忌讳：
巴尔却惧怕孩童。

八

一切罪孽也有它们的好处
犯下罪孽的人，巴尔说，也一样
你知道，罪孽就是人的欲望。
挑上两个吧，一个会显得太多。

九

只要不过分懒惰，不过分退缩
因为在神的面前享乐并不轻松。

你需要强壮的四肢，还得有经验
腆着个肚子就会有点麻烦。

十

巴尔对天上的秃鹰眨眨眼，
星空下它们在等巴尔的尸体。
有时巴尔假装死掉，倘若秃鹰扑来
巴尔就当作晚餐，默默吃掉。

十一

在昏暗的星光下，在泪谷里
巴尔吃遍宽广的田野。
当它们空空如也，巴尔就唱起歌
走进永恒的森林睡眠。

十二

当黑暗把巴尔拉进怀抱
世界对巴尔还剩什么？巴尔已经厌倦。
巴尔的眼皮下有如此多的天空
就算死了，他也拥有足够的天堂。

十三

当巴尔在黑暗的土中腐烂
天空依然壮大、静谧和苍白
如此年轻、赤裸、美妙无比
就像巴尔活着时爱过的模样。

（选自《家庭祈祷书》第五部）

溺水的女孩[1]

一

当她溺亡，沿着溪流
漂入更大的河流
蛋白石的天空如此美丽
仿佛为了安抚她的尸体。

二

海藻和水草将她缠绕
她的身躯变得愈加沉重。
清凉的鱼儿穿梭在腿间
植物与动物还要拖累最后的旅程。

三

傍晚，天暗如烟
深夜，星光迷离
但晨曦早早降临，使她能拥有
夜晚与黎明。

四

当苍白的身体在水中腐烂

---

[1] 莎士比亚的《哈姆雷特》有奥菲莉亚落水而亡的情节，十九世纪英国画家米莱（John Everett Millais）创作的油画《奥菲莉亚》，把这位悲剧女性角色的溺亡表现得极为唯美与梦幻。布莱希特的这首诗反其道而行之，是对浪漫主义的死亡表现手法的一种反叛。

上帝（极其缓慢地）将她遗忘

先是她的脸，然后是她的手，最后是她的头发。

于是她变成河中一具腐臭的尸体。

（选自《家庭祈祷书》第五部）

死兵传奇

一

当战争进入第五年
仍没有和平的迹象
士兵咽下战争的苦果
英勇战死在了沙场。

二

然而战争仍没有结束
皇帝不免感到遗憾
他的士兵死了：
他觉得为时过早。

三

夏天已在墓地流连
士兵也已安眠
有天夜里来了一个
军事医疗委员会。

四

医疗委员会的人
赶到墓地
用一把神圣的铲子挖出
阵亡士兵的尸体。

五

医生仔细查验士兵
或者说，检查他留下的遗体
得出结论，这个士兵能打仗
他属于临阵逃脱。

六

他们立即带走了士兵
夜空幽蓝而美丽
不戴头盔就能看见
天上闪耀着家乡的星星。

七

他们把烈酒泼到他身上
灌进那具腐烂的身体
让他的胳膊抱住两个姐妹
还有他半裸的女人。

八

士兵发出腐臭
有个跛脚牧师走来
在士兵身上晃动熏香炉
让他不再散发熏天臭气。

九

乐队在前头吹奏着
欢快的进行曲

士兵按他所学把两条腿
从屁股上甩开。^①

十

两个卫生员
兄弟般紧紧搂着他
不然他就会掉进泥里
决不能让这种事发生。

十一

他们往裹尸布上
涂抹了三种颜色：黑——白——红^②
给他全身披挂；如此一来
就看不见脏污泥巴。

十二

一位燕尾服先生也走在前头
挺起坚实的胸膛
作为一个德国人
他十分清楚自己的职责。

十三

于是，一行人敲锣打鼓
走在黑暗的大道
士兵踉踉跄跄跟随

---

① 此处是对士兵踢正步的暗讽。
② 黑白红三色旗是德意志帝国（1871–1918）的国旗。

像暴风雪中的一片雪花。

十四

猫与狗齐齐叫喊
田鼠疯狂吹起口哨：
他们不想成为法国佬
因为那意味着耻辱。

十五

当他们走过村庄
所有女人都来报到
树木弯下腰，满月当空照
所有人都欢呼喊叫！

十六

他们敲锣打鼓，互道"再见！"
女人、狗和牧师！
在这伙人当中，死去的士兵
像一只喝醉的猴子。

十七

当他们穿过村庄
并没有人亲眼看见士兵
人群将他重重包围
敲锣打鼓，欢呼雀跃。

十八

一大帮人围着他跳舞和欢呼

没有人看见他

只有从上方才能看清

但上面只有星星。

十九

星星并不总在天上

天色已破晓

士兵已奔赴英雄之死

像他曾学过的那种死亡。

（选自《家庭祈祷书》第五部）

抵制诱惑

一

别受诱惑！
没有什么从头再来。
白天已在你们眼前
如果觉察到夜风：
黎明就不会回归。

二

别受欺骗！
生命如此微薄
快快将它啜饮！
倘若停嘴
它就再也不够！

三

别受敷衍！
你们已没有太多时间！
让被救赎者慢慢腐烂！
生命最大：
它不会为你们做好准备。

四

别受诱惑！
不要屈从苦役，耗竭生命！

还有什么能让你们恐惧？
你们会像动物一样死去
之后空无一物。

（《家庭祈祷书》"结束章"）

地狱里的罪人

一

地狱里的罪人
要忍受远比想象更火热的炙烤。
但若有人为他们哭泣
泪水就会轻轻淌过他们的脸庞。

二

但受炙烤最猛烈的人
没有人会为他们哭泣。
他们必须在假日里
去乞讨他人的泪滴。

三

但无人看见他们站在那里
风儿吹透了他们。
太阳晒穿了他们
他们不再被看见。

四

穆勒埃塞特① 来到地狱
他死在了美利坚
他的新娘尚不知情

———————

① 奥托·穆勒埃塞特（Otto Müllereisert）指的是奥托·穆勒，是布莱希特年轻时在奥格斯堡的朋友。

所以没有泪水为他流滴。

五

太阳一出来
卡斯帕·内尔[1]就会出现。
没有人为他把泪淌
原因只有上帝知道。

六

格奥尔格·普夫兰策尔特也来了
这是一个不幸的男人。
他曾经认为
不幸并非他自己造成。

七

还有亲爱的玛丽[2]
腐烂在医院里。
她也没有收到眼泪：
不过她毫无所谓。

八

阳光下站着贝托尔特·布莱希特
旁边是一块狗石。
他得不到眼泪，因为人们相信

---

[1] 卡斯帕·内尔，布莱希特在奥格斯堡时期结识的好友以及多年的合作者，是杰出的舞台设计师和剧本作者。
[2] 指的是布莱希特年轻时的恋人玛丽·罗泽·阿曼（Marie Rose Aman）。

他肯定上了天堂。

九

如今他在地狱里受炙烤
哦，兄弟们，请为他哭泣
不然他得在星期天下午
永远站在他的狗石旁。

（选自《家庭祈祷书》"附录"）

关于可怜的 B.B.[①]

一

我，贝托尔特·布莱希特，来自黑色的森林[②]
当我还是一枚胎儿，我的母亲
把我带到了城市。从此，森林的寒冷
留在了我体内，直到死亡降临。

二

沥青城市是我的家园。从一开始
生活就充斥着临终圣礼：
报纸。香烟。白兰地。最后
人变得自满，懒惰，多疑。

三

我对人友善。我按规矩
戴一顶挺括的礼帽。
我说：这里的人都是气味奇怪的动物
我还说：没关系，我也是其中之一。

四

上午，我和几个女人
坐在我的摇椅里
毫无顾忌地打量她们，告诉她们：

---

① B.B. 即贝托尔特·布莱希特的姓名首字母。
② 布莱希特的父亲来自黑森林边上的小城阿赫恩（Achern）。

我不是你们能指望的人。

五

傍晚，男人们聚到我身旁

彼此以"绅士"相称

他们把脚搁在我桌上，说：

我们的日子会变好。我没问：何时？

六

朦胧黎明，冷杉在撒尿①

树上的昆虫和鸟儿开始鸣叫

城里的我喝完杯中酒，扔掉

香烟屁股，胡乱地入睡。

七

我们，轻松的一代

安坐在被认为坚不可摧的房子里

（我们也这样造起曼哈顿的高楼大厦，

架起跨越大西洋的细天线）

八

这些城市将只留下穿过它们的风！

房屋使食客快乐：他吃得一干二净。

我们知道，我们不过是短暂的过客

---

① 德语原文为 pissen：撒尿、小便，指冷杉滴落晨露。这一时期的布莱希特经常使用直接、大胆、粗俗的字眼来挑衅中产阶级的道德观和语言习惯。

在我们之后来临的：不值一提。

九

在即将来临的地震中，我希望
我不会因苦难而让弗吉尼亚雪茄熄灭
我，贝托尔特·布莱希特，流落在沥青城市
我来自黑色的森林，来自从前，母亲的腹中。

（选自《家庭祈祷书》"附录"）

情　歌

必须喝过一些烈酒
才能站到你的身前
不然我的双膝发软
摇晃于醉人的恩典

哦，当你在树丛里旋转
风儿吹动裙摆
撕开柔软的裙布
双膝挺进你的膝间

天空暮酒正酣
黝黑里偶尔透着紫红
在宽大的白床上
你的身体在衬裙下奋战

草地摇晃，不只因酒醉
当我伏身于你的膝间
黑暗的天空想要坠落
它温柔地摇摆，越来越快

你柔软的双膝轻摆
我狂野的心栖息其间
我们在大地和天空之间
向着地狱摇摇欲坠。

（1918）

德国，你这苍白的金发人

德国，你这苍白的金发人
你温柔的额上乱云纷纷！
你沉默的天空发生了什么？
如今你已成欧洲的腐肉坑。

秃鹰在你头顶盘旋！
野兽撕碎你的好身板
垂死之人用粪便将你污染
他们的尿液
流进你的田野。田野！

你的河水曾经多么温柔！
如今被紫色的苯胺毒害！
孩子们狼吞虎咽
地里的谷物，
因为饥肠辘辘
但成熟的庄稼却漂进
恶臭的水塘！

德国，你这苍白的金发人
你这永无国！你充满了
祝福！充满了尸体！
你腐烂的心
再也不能，再也不能
欢喜地跳动

你已将心出售

腌在了智利盐① 中

作为回报

换来了旗帜！

哦，腐烂之国，悲伤泥坑！

耻辱扼杀了记忆

在你还未摧毁的

青年的身体里

醒来了一个美国！

（1920）

---

① 暗指用智利硝石生产火药。

关于叠衣物的失贞女孩的歌

一

母亲对我说的话
未必就是真相。
她说：一旦被玷污
你就永远不再纯洁。
　　这对内衣无效
　　同样不适合我。
　　就让河水流过濯过
　　很快就清清爽爽。

二

十一岁我已罪孽加身
像一个烂铜子便宜货。
但一直到十四岁
我才开始真正糟践自己。
　　内衣已经发灰
　　我把它浸入河里。
　　它躺在篮中像个处女
　　仿佛从未动过丝毫。

三

在我认识某人之前
我就已经堕落沉沦。
我臭气熏天，实足是个

猩红的巴比伦。①

> 河中的内衣
> 在温柔的圆圈中摇摆
> 在水波的亲吻中感受：
> 我又变成了轻柔的白。

四

当第一个男人拥抱我
我也拥抱他
我感觉从我的子宫和胸中
流出坏的欲望。

> 内衣如此这般
> 我的感受也是这样。
> 水流湍急
> 脏污在呼唤：这里！

五

随着其他人到来
阴暗的岁月才开始。
他们给我起了坏名字
我就成了坏东西。

> 节俭和斋戒
> 不能让女人恢复纯真。
> 内衣在箱子里搁久了
> 一样也会变灰。

---

① 此处"猩红的巴比伦"暗指"巴比伦淫妇"（参《启示录》）。

六

之后来了另一个男人
在另一个年份。
我发现，这回一切不同寻常
我仿佛变成另一个人。

  把衣服投入河里摆动！
  有太阳，风，洗涤剂！
  穿它，然后把它送走：
  它将新鲜依旧！

七

我知道，还会有很多人来找我
直到最后一个也不见。
如果内衣从未被穿过
那才是白白浪费。

  如果衣服已变得薄脆
  再无河流能把它洗净。
  水流将它冲得破碎
  总有一天是这般收场。

（1921）

谁在走运时

谁在走运时偏要回忆不幸
赐他幸运就是一种不公！
谁为以后的苦日子节省好运
就是埃特纳火山上煮汤的命运！

幸福是黑色的，溜得很快！
不幸漫长而亮堂。
想拥有光，就要去偷抢
你们会看到，曾经的所爱将成为折磨煎熬！

星星遥远，曾使你们神伤
软弱曾将你们击倒。
那就不要让星星沉沦而苍白
要让它们像鸡蛋一样光亮！

如果一个人因渴望而无法呼吸
命运粗鲁地扯他的头发
没有犹豫，直截了当——
他度过的恰是最好的年华！

当一切耗尽，诸多已售
不必再为剩余伤透脑筋！
啊，自在地往下走，你还索求什么？
目送的人会说：他必定**走得**快活！

（1921）

玛利亚

头一次分娩的晚上
地冻天寒。但是后来的岁月里
她已完全忘记了
阵痛时屋梁的霜冻和冒烟的火炉
还有天亮时胎盘脱落的窒息。

但她最先忘记的，是苦涩的耻辱，
不能悄悄分娩
这是穷人家的特点。

正因如此
在后来的岁月里，
这一天变成了一个节日，该在场的
一个都不缺。

牧羊人的七嘴八舌
顿时安静下来。
后来
他们成了故事里的国王。
呼啸的寒风
变成了天使的歌声。
从屋顶的破洞涌进霜雪，是的，最后只剩
一颗星星在窥探

而这一切

都源自她儿子的脸，轻盈明亮

喜欢聆听歌声

也乐意让穷人围在身边

他还习惯于

生活在国王们当中，并在夜间抬头

仰望头顶的那颗星。

（1922）

老妇人之歌

星期一她自己下了床
大家几乎不相信她能做到
这场流感是上帝旨意暗藏
秋后她瘦得骨头皮来包

整整两天她呕痰不停
起床后苍白得像个雪人
糊里糊涂几个星期
除了咖啡什么都不饮

如今她又一次逃过了死神
临终圣礼看来还为时过早
这回她还是很不情愿
与她的核桃木五斗橱分离

就算蛀了虫，老橱柜
早已成了心头好，她定会
像人们说的那样死后将它惦念
这番心意上帝已收到
现在，她又能把黑莓酱煮好

她重新戴上假牙
有了牙齿，吃东西就是不一样
晚上咖啡杯里放妥当
清早进城时就戴上

她还收到了孩子们的来信

从今往后他们将得到上帝保佑

她要和上帝再度一个冬天

那条黑裙子也还整齐

（1922）

关于享用烈酒

别人不过是往杯子里倒酒
最后落得一副酒精心肠
而**我**喝酒时，世界狞笑着坠落
我还会再待一分钟，并在其中看到一个人生目标。

我喜欢边看报纸边喝酒，直到我的手
开始颤抖，这样看起来就不像
故意醉酒。我喜欢假装自己
不擅长喝酒，因为家里头

母亲极力劝阻我喝酒
她总是暗暗心忧。
但我一步步落入酒的魔掌
现在反而松快不少。我能感知我的红色心脏

我发觉，我这条卑微的命也不至于徒劳而错误
我尊重并理解那些伟大人物
我还看到了世界的本来面目，假如画面选得不算太刺激
我有时甚至像醉酒的鸽子一样飞过塞尼山。

我真的能听见，您也许不愿相信
烟草田在苦洼地里沙沙作响
我知道它们早已消失四千年

它们却仍然是我的某种安慰。

（1922）

我并非从未下过最好的决心

我并非从未下过最好的决心
可能只因我抽烟过于凶猛
或者说，当戒烟为时已晚，我便无动于衷
穆勒埃塞特总劝我别再喝泡淡的茶
但我的原则是：只要不放弃，总能走运
有一天，我还真的写出了一部戏

我几乎毫无察觉，一切自然发生
我总有一堆原则苦苦坚持
在我这儿，一切皆有原则
烟草和烈酒都不例外
起初我也想保持口腔卫生，但没做到
奥尔格马上发话：这种事不会好转

最好马上用一颗子弹打穿脑袋
你就不必长期受罪，听着像所有金玉良言
现在我几乎每周写一部戏
它的味道像玻璃杯里的鸡蛋
我知道，一部总好过没有
但我认为，事情与我的鹰钩鼻有关
我对此无能为力，这早已证明

就连我也曾为更高的理想而生
奥尔格曾对我冲口而出：

你本具有老虎的才能

如今希望荡然无存

（1922）

铭文前的感伤记忆

一

在发黄的字纸间，它们曾对我有点意味
一边喝酒，一边看——醉了更好
一张照片。上面写着：
纯粹。**务实**。**愤怒**。我的眼睛逐渐湿润。

二

她总是用杏仁皂洗脸
她的毛巾散发香皂的余味
托考伊酒① 配方和爪哇烟斗
抵抗着爱情的气味。

三

在她看来，生活是严肃的。她不会失控。她思考。
她要求为艺术作出牺牲。
她爱着爱情，而不是爱人，她不需要任何人
许她一片粉云

四

她常大笑，她不能容忍那忍受者
她的脑袋不长虫
她举止果断，态度冷淡

---

① 托考伊酒（Tokaier），是一种产自匈牙利托考伊地区、用贵腐葡萄酿制的甜点酒。

想到这里，我的额头就冒汗。

五

她就是这样的人。到了上帝那里，我希望
人们能在我的墓碑上读到，B.B.
在这里安眠。**纯粹**。**务实**。**愤怒**。
我敢肯定，在它下面我一定睡得香甜。

（1922）

令人大作呕的时刻

因为我不再喜欢
这个世界
尤其是一帮叫"人"的生物
所谓的同类
令我倍感陌生。这类生物令我
厌恶至极。但是我承认
我也讨厌我自己，还有一些
自己也不清楚的原因，总之
近来我筹划，要从这个世界和自己身边逃走
我想要
跳下去！在某个明亮的时辰，带着清冷而愉快的
心境，没有被击败的怨恨，而是不知不觉
将自己抹去！

（1924）

此时夜深

一

深夜，我爱你的此刻
天上的白云无声无息
流水潺潺淌过岩石
冷风在干草丛里战栗

二

雪白的水花
年复一年，奔涌而去。
天上也永远
飘着云朵。

三

以后，在孤独的岁月里
还会望着天上的白云。
潺潺流水依然淌过岩石。
风仍在干草丛里战栗。

（1921）

◆

1925
/
1932

奶牛吃草

它挨着马槽晃动宽大的乳房
嚼着干草。瞧，它正嚼一根麦秆！
嘴唇外还横着一段麦秆尖
它细嚼又慢咽，不让麦秆断掉。

它体型肥胖，悲伤的眼睛已衰老；
习惯了被恶劣对待，咀嚼时犹豫不决
多年来，它的眉毛高高扬起——
就算发生什么，也没什么大不了！

它专心吃着草
有人过来挤奶。它默默忍受
被他的手撕扯乳房：

它熟悉那只手，甚至懒得转过头。
它不想知道自己遭遇了什么
趁着傍晚的气氛，拉了一泡。

（选自《奥格斯堡十四行诗》第五首，1925？）

要讲道德，先把肚子填饱[1]

你们这帮先生喜欢教我们至理大道
什么规矩生活，远离罪恶的泥沼
你们得先让我们吃饱
再开口教导：吃饱肚子，方能奏效。
你们喜欢自己的肚腩，也喜欢我们的乖巧
可永远别忘了：
无论你们如何歪曲、推诿和诽谤
先填饱肚子，再讲道德。
要让穷人也能切一片
属于自己的面包

人靠什么生活？靠无时无刻的
蹂躏，抢夺，攻击，蚕食和扼杀
只有这么活，他才能彻底
忘记自己还是个人

你们这帮先生切勿自以为是：
要知道，人只是靠罪行活着！

你们教导我们，女人何时才可撩起裙子
眼波流转，情意绵绵
你们先得让我们吃饱
再开口教导：吃饱肚子，方能奏效！

---

[1] 选自《三毛钱歌剧》，标题为译者另加。

你们把快乐建立在我们的羞耻上
你们要牢记：
无论你们如何歪曲、推诿和诽谤
先填饱肚子，再讲道德。
要让穷人也能切一片
属于自己的面包

人靠什么生活？靠无时无刻的
蹂躏，抢夺，攻击，蚕食和扼杀
只有这么活，他才能彻底
忘记自己还是个人

啊，你们这帮先生切勿自以为是：
要知道，人只是靠罪行活着！

（1928 / 1929）

人类规划的缺陷

人靠头脑生活
但光靠脑袋还不够
试试吧：你的脑袋
顶多养活虱子一个。
应付今生
人还不够聪明。
他从不能明察秋毫
这是谎言，那是欺骗。

对，只制订一个计划！
做一盏闪耀的明灯！
再制订第二个计划
两者皆不会奏效。
应付今生
人坏得还不够。
而他更高的追求
是出手成招。

对，为追求幸福而奔跑
但别跑得太猛！
因为所有人都追逐幸福
幸福却悄悄尾随。
应付今生
人还不够淡泊。
所以他全部的努力

不过是自欺欺人。

人根本就不是好东西
所以要拍打他的帽子。
如果要拍打他的帽子
那么也许他就会变好。
应付今生
人还不够好
所以尽管
拍打他的帽子！

（1928 / 1929，选自《三毛钱歌剧》）

不必在意小小的不公①

不必在意小小的不公，不久
它就会结冰，源于自身的寒冷：
想想泪谷的黑暗和巨大的寒冷吧
谷中回荡痛苦的呻吟。
踏上征程，去和大盗战斗
将他们统统打倒，速速战胜：
他们才是黑暗和寒冷的源头
使山谷响彻痛苦的呻吟。

（1928 / 1929）

---

① 《三毛钱歌剧》结束曲，标题为译者所加。

《城市居民读本》①

你要在火车站辞别你的同伴②

你要在火车站辞别你的同伴
你要在清晨进城，扣紧外套的纽扣
你要给自己找个住处，如果同伴敲门：
你不要，哦，不要开门
而是
抹去你的痕迹！

假如你遇见父母，在汉堡或别的地方
要把他们当作陌生人，拐过街角，不要相认，
把他们送你的帽子拉低
你不要，哦，不要露出你的脸
而是
抹去你的痕迹！

有肉就吃！不必节省！
下雨就走进任何一幢房子，有椅子就坐下。
但你不要一直坐着！也别忘了你的帽子！
让我告诉你：

———————

① 《城市居民读本》，是一组布莱希特于一九二六至一九三○年间
陆续创作和出版的诗歌，具有实验性和教育性，是布莱希特主张的"实
用诗歌"的典型之一。
② 这首为《城市居民读本》首篇，标题为译者所加。

抹去你的痕迹！

不管说什么，决不要说两遍！
倘若发现别人的话里有你的想法，否认它。
如果没有留下签名，或者照片
当时没在场，没说过任何话
谁又能抓到你！
抹去你的痕迹！

若你想到死亡，要记得
别要什么墓碑，泄露你的长眠之地。
上面刻着你的名字，清清楚楚
以及死亡的年份
再说一遍：
抹去你的痕迹！

（这是别人对我说的）

第五个轮子[①]

我们在你的地盘，你发现
你是第五个轮子
你的希望系于你自身
而我们
尚未发觉。

我们发现
你加快了语速
你在寻找一个词语，有了它
你便可离开
因为你喜欢
不事声张。

你在一句话的中途站起
你发狠说，你要走了
我们说：留下！我们发现
你是第五个轮子
你重又坐下。

于是，你坐在我们当中，此时
我们已发现，你是第五个轮子。
而你却
不再记得。

———————

① 《城市居民读本》之二，标题为译者所加。

告诉你吧：你是
第五个轮子
不要以为，我透露这件事
就是个小人
别去拿一把斧头，而是拿
一杯水。

我知道，你已不想再听
但是
不要大声说，世界是坏的
要轻声说。

因为，四个轮子并不多
多出的是第五个轮子
世界并不是坏
而是
已满。

（你以前就听过这话）

我们不打算走出你的房屋①

我们不打算走出你的房屋
我们不会毁掉炉灶
而会把锅放到炉上。
屋子，炉子和锅子可以留下
而你应该消失，像烟飘散在空中
没有人挽留你。

若你向我们求助，我们会掉头走开
若你的妻子哭泣，我们会拉下帽檐
若他们想带走你，我们会指出是你
我们会说：肯定就是他。

我们不知道接下来会发生什么，我们没有更好的办法
但我们不再需要你。
在你离开之前
让我们紧闭窗帘，黎明就不会到来。

城市可以改变
但你不许改变。
我们会劝说石头
但你，我们打算杀死。

---

① 《城市居民读本》之三，标题为译者所加。布莱希特在此诗中更
新了神王克洛诺斯的神话。为防子女造反，克洛诺斯把自己的孩子
都吞进肚里，唯宙斯幸免，最终宙斯推翻了父亲的统治。随着表现
主义在德国的盛行，"弑父"成为反复演绎的主题。

你肯定不能活着。

不管我们须信多少谎言：

反正不许你来过此地。

（我们就这样和我们的父亲交谈）

我知道我需要什么[1]

我知道我需要什么。
看一眼镜子
就能发现，我需要
更多睡眠；我身边的男人
损耗我。

当我听见自己的歌声，我会说：
今天我很快乐
这对皮肤不错。

我尽可能保持
活力与强健
但我不喜欢太过努力
这会增添皱纹。

我没有什么可赠予
安分守己就足够。
我饮食谨慎
我悠悠度日
我赞成中庸的生活。

（我看见人们如此这般地努力）

———————

[1] 《城市居民读本》之四，标题为译者所加。

我是一团烂泥①

我是一团烂泥。我无法
要求自己什么，除了
虚弱、背叛和败坏
但是有一天，我发现：
生活有了转机；风儿正吹向
我的船帆；我的时代已经来临，我可以
比一团烂泥更有出息——
我立即开始了行动。

我是一团烂泥，我曾发现
每次喝醉，我就躺平
我不再记得
谁踩踏过我的身体；现在我再也不喝了——
我立即戒了酒。

过去我不得不
做出伤害自己的行为，
仅仅为了让自己活着；我嗑毒
剂量能毒死
四匹马，但我
只能这样
活下去；我不时
吸食可卡因，直到我看上去

---

① 《城市居民读本》之五，标题为译者所加。

像一条没有骨头的床单
当我看见镜中的自己——
我立即戒了毒。

他们当然也试图让我
患上梅毒，但他们
没有成功；只成功地
用砒霜毒我：我的肋下
日夜不息淌着脓液。
谁能想到
这样一个女人
能重新让男人们疯狂？——
我立即开始新生活。

我从未接受一个
于我无益的男人，我接受每一个
我需要的男人。我几乎
丧失了感觉，几乎不再湿润
可是
我一再充实自己，情形起起落落
总的来说好了很多。

我仍发现，我还会骂我的对手
老母猪，男人看她的眼神让我认出
她是我的敌人。
但一年内
我戒掉了这种习惯——
我已经开始这么做。

我是一团烂泥；但所有事必须
对我有利，我在
渐渐往上走，我是
不可避免的，明天的一代
很快我就不再是烂泥，而是
用来建设城市的
硬砂浆。

（我听到一个女人这么说）

他沿街走去①

他沿街走去，帽子拽到后脑勺！
他向每个遇到的男人点头致意
他在每家商店的橱窗前停下脚步
（所有人都知道，他已经输了！）

他们该听听他怎么说，他还想
告诉对手一句严肃的话
他说房东的语气让他不高兴
他说街道打扫得不够干净
（他的朋友已经放弃了他！）

但他仍想造一所房子
但他仍想睡所有女人
但他还不想过早得出结论
（哦，他已一败涂地，一无所有！）

（我曾听人这样说起他）

---

① 《城市居民读本》之六，标题为译者所加。

别再做梦[①]

别再做梦，别信什么
人家会为你们破例。
你们的母亲告诉你们的话
毫不管用。

不必从口袋里掏出契约
此地不会遵循。

放弃你们的希望
竞选什么总统和主席。
你们得专心干活
振作精神，一改往昔
厨房的人才能忍受你们

你们还得学习 A B C
A B C 意味着：
别人愿意和你们交往

别去想你们该怎么发言：
不会有人问起你们这些。
食客们坐得满满当当
这里需要的只是肉糜。

但这不应该使你们
气馁！

————————

① 《城市居民读本》之八，标题为译者所加。

从不同角度不同时间对一个男人提出的四个要求①

这儿有你一个家
可以安置行李
还可以根据自己的喜好改变家具的位置
需要什么尽管说
这是钥匙
留在这里吧。

这是我们所有人住的地方
给你一个房间，一张床
你可以在院子里一起干活
也有属于你的餐盘
待在我们这里吧。

这是你睡觉的地方
床铺挺干净
只有一个男人睡过
如果你觉得尴尬
就去木桶里洗洗给你的锡勺
它马上就焕然一新
放心待在我们这儿吧。

就是这个房间
快点办事，也许还能留宿

―――――――

① 《城市居民读本》之九。

一个通宵，但得另外付钱
我不会打扰你
另外我没病
你会像在其他地方一样舒坦
总之，你可以留下。

当我和你说话[1]

当我和你说话
语气冷淡，泛泛而谈
使用最单调的词语
眼睛也不看着你
（似乎我并没有认出你——
你天性特殊，并处于困境）

我这样说话
只不过如同现实本身
（清醒的现实——因你的特殊而无法通融，
对你的困境感到厌烦）
使你看上去无法被我认出。

———————

[1] 《城市居民读本》之十，标题为译者所加。

七百名知识分子朝拜一个储油罐[①]

一

没收到邀请
我们就赶来了
七百人（许多人还在路上）。
来自各地，来自风停歇的地方。
我们从缓慢运转的磨坊来
从火炉那边来，据说炉子背后
狗不再出现。

二

我们看见了你
一夜之间冒出的
储油罐。

三

昨天你还不在
但今天
只有你在。

四

快来吧，所有人！

———————————

① 此诗的背景是美国福特汽车公司向欧洲出口了生产流水线，从而
也输出了某种形式的产业优化，使大规模生产和消费成为可能。布
莱希特这首诗描绘了旧欧洲的"美国化"。

工人们

锯掉你们坐的树枝！

上帝重又降临人间

以储油罐的模样。

五

你这个丑家伙

你又是最俊的那一个！

你对我们施以强力

多么实在！

你抹去了我们的自我！

使我们成为集体！

从此不再如我们所愿：

而是如你所愿。

六

你并非由象牙

或者乌木制成，而是

铁。

漂亮，漂亮，漂亮！

你这不显眼的家伙！

七

你不是隐身的

你不是无限的！

堂堂七米高。

你体内没有秘密

只有油。

你与我们打交道

不依赖直觉，也并非毫无研究

而是凭借计算。

八

对你而言一棵草算什么？

你坐在上面。

身下曾是一片青草

你稳稳端坐，储油罐！

在你面前，情感

不值一提。

九

因此，请答应我们

将我们从心疾中解救

以电气的进步[①]

和统计的名义！

（1927，选自《城市居民读本》）

---

① "进步"原文为 Fordschritt（"福特的步伐"），与 Fortschritt（进步）相差一个字母，不知是布莱希特笔误，还是有意而为。另一版本此处为"理性"（Ratio）。

总是一再地

每一次
当我注视眼前这个男人
他没喝过酒，脸上
依然露出从前的笑容
我总是想：一切都会好起来。
春天已来临，好时代将来临
消逝的日子已回归
爱，已重新启程，不久
一切将如同往昔。

每一次
当我和他聊天
他已用过餐，不会走开
他和我说着话，而且也没有
戴着帽子
我就想：一切都会好起来
那段习以为常的日子已度过——
可以和一个人
说说话，他会倾听
爱已重来，不久
一切将如同往昔。

雨
不会回到天上
当伤口

不再疼

伤疤就开始痛。

（选自《城市居民读本》"附录"）

在一位年轻女子身上的发现

早晨，清冷的道别，一个女人
冷静地站在门与门枢之间，我冷静地打量。
我看见她的头发有一缕灰白
我再也下不了决心离开。

我一言不发握住她的乳房，她问
为什么我，一个夜客，在夜晚结束后
仍不愿离开，天亮了就该告别
我毫不遮掩盯着她，答：

哪怕只再待一晚，我也愿意
但你要抓紧时间，糟糕的是
你还干站着，在门与门枢之间

让我们把谈话进行得更快些吧
因为我们已全然忘记，你正在流逝
而欲望吞噬了我的声音。

（1925 / 1926）

关于自然的恭顺

啊，起泡的牛奶依然会从陶罐

流入老人无牙的、淌着口水的嘴。

狗依然去蹭屠夫逃亡的腿，索爱

榆树依然俯身，为村后虐待孩子的男人

撑开美丽的树荫。

友善的盲尘啊，将你们这些杀人犯的斑斑血迹

交付于我们的遗忘。

风儿故意，把沉船时的哭喊

与田野深处树叶的低语混作一团

还悠悠吹起年轻女佣的破旧裙角

让患梅毒的陌生人看见迷人的双腿

女人夜里肉欲的低沉呻吟

将角落受惊的四岁孩子的哭声遮盖。

逐年茂盛的树上结出的苹果

仍讨好地去够那只揍过孩子的手。

哦，当父亲把牛按在地上，弹开刀子的刹那

孩子的眼神多么明亮

当士兵踏着进行曲浩荡穿过村庄

女人们曾给婴儿喂奶的胸脯也起伏荡漾

啊，我们的母亲已可出卖，我们的儿子献身于枉然

破船上的水手不会放过任何一座岛屿！

而对于他，这世上，垂死的人依然在挣扎

清晨依然活着，能听见第三声鸡鸣，这就足够。

（1926）

128

夜里我总是梦见

夜里我总是梦见，我再也
无法养活自己。
这个国家没人会要
我制作的桌子，鱼贩子们说着
中国话
我的近亲
冷眼打量我
同居了七年的女人
在过道里客气地招呼
然后微笑着
离开。

我知道
最后的房间已空出
家具已搬走
床垫已撕裂
窗帘已扯下
总之，一切准备就绪，为了让我
悲伤的脸
变成苍白

院子里晾晒的衣物
是我的，我清楚认得
但是走近后，
却看见它们

被缝入了别的什么
似乎
我已搬走，某个人
搬了进来，甚至
住进了我的衣服。

（1926 / 1927）

关于冬天

春天，夏天和秋天——让我告诉你们，
对于城市什么也不是。
但冬天却可感知。

一

因为冬天——
向来被诗人称为"温柔的冬"
重又变得可怕
就像太初之时
那时
夏天不也难以消受？

二

我行我素的天空
突然加入了毁灭行动
挟着寒冷袭来

三

熬过一天的折磨
回家的人群发现洞穴的幽暗

四

而且，从现在起
饥饿与寒冷将把自己

分发给穷人!

五

就好像单靠人类
还不足以
消灭人类!

（1927）

关于人对自然的依赖

人总以为，在这世上
只有自己不变，空中
偶尔火光冲天，他也见过
大地摇晃，而他自己稳稳当当
毫无变化，还是同一个。在身边
他也见惯一些人
一如既往。不，错了
大地依然是大地
空气依然是空气，但是人
恐惧使他萎缩，而愚蠢
使他膨胀。

（1927）

关于春天

很久以前

我们蜂拥向石油、铁和氨之前

每年都会有一段时间

树木不停变绿，逐渐壮大

所有人都记得

白天越来越长

天空愈加明亮

春天注定到来

空气悄然发生着变化

如今我们仍会在书中读到

这个美好的季节

但我们已经很久未见

城市上空

那些著名的鸟群。

最早注意到春天的

是火车里的乘客

平原昭示着春景

以古老的清晰。

高高的天上

暴风雨在酝酿：

但它们只能触及更多

架在我们屋顶上方的天线。

（1928）

一切新的都好过旧的

同志，我如何知道，
今日建成的房屋
明日能派上用场？
从未见过的图纸
会在街景中突然亮相
虽然不了解用途
却让我心悦诚服？

因为我知道：
一切新的
都好过旧的。

千真万确：
换上干净衬衣的男人
不就是一个崭新的男人？
出浴的女人
是一个全新的女人
所谓新，就是
在烟雾腾腾的酒馆里连夜会议
他开始一场新的发言。
一切新的
都好过旧的。

在处处漏洞的统计数据里
在未裁的新书和刚进厂的机器里

我看见了你们早起的理由
男人们在地图的空白处
画上新的线条
工友们正裁开新书
快乐的男人
给机器加入第一桶油
这些人一定明白：
一切新的
都好过旧的。

这个逐新求异的肤浅家伙
从不把他的靴子穿破
从不读完他的书
老是忘了他的想法
这都属于世界
自然的希望
若非如此
那么一切新的
都好过旧的。

（1929）

爱的三行诗

看，群鹤在空中画出巨大的弧线！
陪伴的云朵
在鹤起飞时便与它们同行

从一个生命进入另一个生命。
以同等的高度和同等的速度
像一对天生的伴侣。

云与鹤就这样分享着
美丽天空短暂的飞翔
谁也不比谁逗留更长

除了彼此在风中摇曳的身姿
眼中再没有别的身影
此刻相依相偎，双飞双行。

即使风把它们引至虚无；
只要不失散，继续作伴
没有什么能打扰此刻

但也可能在任何地方被迫离散
在大雨袭来或枪声响起的地方。
在太阳和月亮不同的圆盘下

它们飞啊飞，全然沉迷于对方。

你们飞去哪里？

   ——无问目的。

你们从谁那里来？

    ——来自所有人。

你们问，它俩在一起有多久了？

并没多久。

   什么时候会分开？

     很快。

所谓爱，就是爱人之间的一个停留。

（1928 / 1929）

关于持久作品的构造方式（选段）

作品之厦，可耐
岁月几何？直至
完工的那一刻。
只要还须费神思量
它便不会倾塌。

邀你劳心
赏你出力
是作品持久的秘密，只要它仍然
殷殷邀请，款款奖励。

凡有用的
总被世人渴求。
富有艺术的
总为艺术保留。
聪明的
须报以智慧。
决意完美的
会展露瑕缺。
持久的事物
始终面临散溃。
真正的雄心
总是未竟之业。

它仍有缺憾

宛如城墙等待

常春藤的顾盼

（自古以来，在常春藤光顾前，

城墙光秃秃，不能算完工！）

它仍难持久

就像机器

能用还不够，期待

被更好的替代

必须这样构建一部

持久的作品，就像机器

还缺陷满满。

（1929）

春天来了

一

春天来临

性游戏重焕生机

恋人寻寻觅觅，彼此走近。

他的手轻轻一握

她的乳房微微战栗。

她轻轻一瞥，便俘获了他的心。

二

春景沐浴着崭新的阳光

在情侣们眼前渐渐展开。

高高的天上，第一群鸟

飞入眼帘。

空气变暖。

白日变长

草地明亮。

三

在这样的春日

树和草疯狂生长。

树林，田野和草地

不眠不休地孕育

大地分娩新生

无忧也无忌。

（1931）

夜　宿

我听说在纽约
冬季的每个晚上
在第 26 街和百老汇的拐角处站着一个男人
他请求路人，为聚集的无家可归者
提供一夜住宿。

世界不会因此而改变
人与人的关系不会改善
剥削的年代也不会缩短。
但一些人有了一夜安顿
这夜的寒风被挡在了屋外
袭向他们的雪落在了路面。

别把书放下，当你读到这里。
一些人有了一夜安顿
这夜寒风被挡在了屋外
袭向他们的雪落在了路面。
但世界并没有改变
人与人的关系没因此而改善
剥削的年代也不会缩短。

（1931）

佃户小调

也许，一年余下的日子就这样悄悄流逝？

也许，烦恼的阴影终究会消失？

也许，我们最近听到的流言

阴暗不祥，却并非真实。

也许，他们又一次忘了我们

就像我们也希望忘记他们。

也许，我们还能经常坐下来吃饭。

也许，我们还能在自己的床上死去？

也许，他们不会诅咒我们，而是嘉许？

也许，甚至黑夜也会递给我们光明？

也许，月亮就此圆满，不再残缺？

也许，雨水真的会从地上落向天边！

（1932）

在所有作品中

在所有作品中，我最喜欢
被使用过的那些。
边缘磨平，有凹痕的铜器
旧刀叉的木柄
曾被许多只手攥握：这样的形态
在我眼中最为高贵。老房子周围
无数双脚踩过的石砖，已被踏平
缝隙里长出一丛草，这些
都是幸福之物。

许多人使用过的物件
历经改变，形态改善
食物常被品尝就变得美味。
就连雕塑的残躯
双手已折断，我也喜爱。它们也曾为我
活过一回。即使跌落，也曾被携带。

建筑物即使被占领，不再高高耸立。
即使一半已毁
却重新拥有了未完成时的形态
雄伟的设计：已能猜到它们
美丽的外观；但还须赢得
我们的理解。另一方面
它们曾服役，对，曾被征服。这一切
都让我感到高兴。

（1932）

◆

1933
/
1945

外交曲

粉刷匠①希特勒开讲了：
现在，我们已经统一了德国
只须再加把劲
争取不再有敌国。

他打倒了工人
开启了他的和平大业
还把好伙伴罗森堡②
立即派去了英国。

罗森堡不会英语
他从来就没学过
整整四天他没搞懂英国人
就打道回了国。

他告诉他的朋友希特勒：
"谁说必须会英语
才能巴结上英国？
全是些胡说。"

（1933）

_____

① 原文 Anstreicher（粉刷匠），也可译作油漆匠，隐喻政客（作家
埃里希·凯斯特纳［Erich Kästner］曾言："政治家提着巨大的颜料
罐，宣称他们是新的建筑师，到头来都只是粉刷匠。"），特指希特勒，
暗讽其画家抱负。
② 指阿尔弗雷德·罗森堡（Alfred Rosenberg，1893-1946），纳
粹德国的重要官员和思想领袖。一九三三年希特勒上台后，罗森堡
负责纳粹党外交事务。

灾　屋

灾屋的维护费太昂贵

灾难总是
匆忙搬进屋
像被什么驱赶，冲上楼梯
把箱笼扔进所有房间
并在屋前竖起木牌：此屋已占。

（1933）

许多人讲究秩序

许多人讲究秩序。吃饭时，
他们会铺上一块桌布；或者抹去
盘里的碎屑，如果
手还不太累。他们的桌子
和房屋却已陷入脏污。

唉，他们的橱柜必须整洁；但是，城市边缘
吃人机器，血汗工厂
正开足马力赚取暴利！唉，烂泥已升至下巴，
又何必把指甲
洗得干干净净？

（1933）

心存希望的人！

你们在期待什么？
期待聋子自言自语？
期待贪得无厌的人
施舍一点东西！
期待狼群喂养，而不是将你们吞吃！
期待老虎大发善心
邀请你们
拔掉它们的牙齿！
这便是你们的期待！

（1933）

当我被驱逐出国

当我被驱逐出国
粉刷匠的报纸写道
因为我在一首诗中
讽刺了世界大战中的士兵。
在战争结束前一年
政权为了拖延败局
把伤残士兵再次送进炮火
连同老人和十七岁孩子，我确实
在一首诗中描述了
一个倒下的士兵如何被挖出，再度
被送回前线，在一帮骗子
吸血鬼和压迫者的欢呼声中。如今
他们在筹备一场新的世界大战
决心超越上次大战的暴行
他们不时把我这样的人干掉，
或当作叛徒赶出德国，因为我们泄露了
他们的阴谋。

（1933）

关于《火炬》第 888 期（1933 年 10 月）刊登的十行诗的含义

第三帝国成立后
从雄辩家①那里只传来一个小讯息。
在一首十行诗里
响起他的声音，只是为了哀叹
声音的乏力。

当暴行累积到一定规模
旧例已援引殆尽
暴行成倍增长
呐喊归于沉寂。
罪恶走上街头撒野
以不可思议的方式。

被掐死的人
话语堵在喉咙。
沉默蔓延，从远处看
就像一片赞同。

———————

① "雄辩家"指以辛辣讽刺而闻名于世的奥地利作家卡尔·克劳斯（Karl Kraus），一九三三年纳粹夺权后，克劳斯并未像欧洲左翼人士期待的那样，毫不迟疑地对纳粹政权口诛笔伐，在沉默了半年多之后，只写了一首十行诗，刊登在其主编的《火炬》（Die Fackel）杂志第 888 期上，且该期杂志一反常态，只有薄薄四页。克劳斯的十行诗表达了一种观点：在极端暴行前，语言是无力的。这让一向尊崇他的读者和友人极其失望，甚至愤怒。布莱希特写这首诗的初衷是试图理解克劳斯长久沉默的原因，表达为友人辩护的立场。

似乎暴力
已大获全胜。

只有残缺不全的尸体
在诉说罪犯的藏身之所
只有笼罩于荒屋上方的寂静
在指控暴行。

那么，斗争结束了吗？
暴行会被忘却吗？
被害人会被掩埋，证人会被封口吗？
暴行是否会获胜，尽管代表不公不义？

暴行会被遗忘。
被害人会被掩埋，证人会被封口。
暴行将获胜，尽管代表不公不义。
压迫坐到桌前，伸手够饭菜
用一双血迹斑斑的手。

但扛来食物的人
不会忘记面包的分量；他们的饥饿喋喋不休
诉说饥饿这个词的禁忌

说出饥饿的人被杀了。
控诉压迫的人被封了口。
但赚取利息的人不会忘记追逐暴利。
被压迫者不会忘记踹向他们脖子的脚。
在暴力登顶之前
会发起新的反抗。

当雄辩家

为他乏力的声音道歉

沉默走到法官席前

取下遮脸布，露出它

证人的面容。

（1933）

学习颂

学习最简单的知识！
迎接属于你们的时代。学习
永不会迟！
学 ABC，虽然远不够，但是
学起来！不要迟疑！
开始学！你得了解一切！
你必须带头。

学习吧，异国避难的男人！
学习吧，监狱里的犯人！
学习吧，厨房里的女人！
学习吧，六十岁的人！
你必须带头。
流浪汉，快去找一所学校！
受冻的人，快去获取知识！
挨饿的人，请拿起书：它是你的武器。
你必须带头。

别怕提问，同志！
请勿轻信！
你得亲自核实！
若不能真正领会
你便一无所知
认真检查你的账单
你得支付

查验每一个款项

问一问：这笔款从何而来？

你必须带头。

（1933，摘自戏剧《母亲》）

反对"理中客"

一

每当与不公斗争的人
展示他们受伤的脸
另一些日子安稳的人
就变得不耐烦。

二

你们为何抱怨，他们质问
你们和不公斗争，如今
你们被它打败：就该闭嘴！

三

他们说，谁选择了斗争，就要输得起
谁爱寻是非，就是自投险恶
谁动用了暴力，
就不该再指控暴力。

四

啊，你们，生活安稳的朋友
为何对我们如此敌意？难道因为我们
与不公斗争，就成了你们的敌人？
如果抗争者被打倒
绝不是不公占了理！

五

因为我们的失败
并不能证明
与卑鄙斗争的人微不足道!
旁观者至少应该羞愧,
这是我们的指望。

（1933）

我不需要墓碑

我不需要墓碑，但是
倘若你们非要给我弄一块
我希望上面写着：
他提了一些建议。
我们给予了采纳。
这样的铭文也许会令
所有人感到荣幸。

（1933）

粉刷匠希特勒之歌

一

粉刷匠希特勒说：
亲爱的同胞们，让我来干吧！
他提来一桶新石灰
把德国重新刷一遍
刷新了整幢德意志房屋。

二

粉刷匠希特勒说：
瞧，新房子眨眼就完工！
他把洞眼和裂缝
统统堵住
把整个脏污封堵

三

粉刷匠希特勒
你为何不是个砖瓦工？
如果石灰淋了雨
里面的垃圾又会冒出
破房子将会暴露。

四

粉刷匠希特勒
除了涂抹，什么都没学

让他干活

他就把一切来涂抹

涂满整个德国。

（1933）

德　国

　　别人说他们的耻辱，我说我的。

哦，德国，苍白的母亲！
你竟满身污垢
坐在各民族中间。
在被玷污者当中
你如此醒目。

你最穷的儿子
被打死在地。
当他饥肠辘辘
你另外几个儿子
高高举起反对他的拳头。
这已众所周知。

他们就这样扬起
对付兄弟的拳头
当着你的面胡作非为
冲着你的脸大肆嘲笑。
这已尽人皆知。

你屋子里
谎言如此响亮。
而真相
却必须沉默。
是否这样？

为何，压迫者围着你唱起赞歌

被压迫者却在控诉你？

被剥削者

伸出手指指着你

剥削者却在称颂

你屋子里想出的体制！

所有人都看见

你在遮掩滴血的裙角

这是你

最好的儿子的血迹。

你屋里传出的话，听见的人都会嘲笑

谁若看见你，就会抓起刀

就像看见一个强盗。

哦，德国，苍白的母亲！

你的儿子们对你干了什么勾当？

你坐在各民族中间

已沦为嘲笑或畏惧的对象！

（1933）

赞美辩证法

今天，不公昂首阔步。
压迫者摩拳擦掌，图谋万年伟业。
暴力拍胸脯保证：眼下如何，将来也不变。
除了当权者，众声缄默。
市场上，剥削正用大嗓门宣布：
我才刚刚开始。
众多被压迫者却说：
我们永不能得偿所愿。

活着的人不该说：永远不能！
坚固的未必牢不可破。
当下的未必亘古长久。
统治者发完话，
就该轮到被统治者出场。
谁敢说：永远不能？
压迫持续，是谁的错？是我们。
消灭压迫，依靠谁？靠我们。
被击倒的人，请站起来！
迷失的人，学会抗争！
认清自己处境的人，谁能阻挡？
今天的失败者将是明天的赢家。
"永远不能"将变成"今天仍能"！

（1934）

关于金钱鼓舞人心的作用之歌

一

世人总爱贬低金钱

可是缺了它，世界就变得冰凉。

凭借金钱巨大的力量

转眼世界又殷勤万分

片刻前还在抱怨连连，

现在一切都金光闪闪

阳光融化了冰天雪地

每个人都得到了他的所需！

地平线晕染了玫瑰红

抬头看：炊烟正浓！

是的，瞬间一切迥然不同……

心跳得更饱满有力，

视野也变得更宽广。

美酒与佳肴，

衣服添时髦。

面前的男人也焕然一新。

二

啊，他们一个个都糊涂荒唐

竟以为金钱无足轻重。

当源头活水枯竭

沃野就变成旱田。

每个人要这要那，巧取豪夺。

原本生活还不算艰难。

只要不饿肚子，便可相安无事。

如今，人没了心肠也没了爱意。

父母兄弟都开始你争我斗！

看啊，炊烟已经熄灭！

到处是令我们生厌的紧张空气。

仇恨和妒忌充斥了一切。

无人愿意再当马匹，人人都争做骑手。

而这个世界寒冷依旧。

三

一切美好和高尚

都在世上迅速枯萎

空着肚子，赤着脚丫

如何能成就大事。

人不再追求良善，只想着弄钱。

并且变得软弱和胆怯。

但如果好人手上有了钱

就有了保持良善的条件。

试图向恶的人

请抬头看：又见炊烟！

人重又开始相信人类。

人性善良尊贵，诸如此类。

一度削弱的精神得以成长。

心变得更坚定。视野更宽广。

能辨识谁是骑手谁是马。

正义才重新恢复了自身的模样。

（1934）

166

买橙子①

南安普敦大街的一片黄雾里
突然出现了一辆水果推车，打着一盏灯
一个邋遢老妇摆弄着纸袋
我顿时愣在原地，像忽然见到
一直追寻的东西：近在咫尺。

橙子向来是必买的！
我朝手心呵口热气
伸进口袋掏硬币

我使劲掏着口袋里的便士
一边瞄价格——脏兮兮的木炭
写在一张报纸上
我发觉自己轻轻吹起口哨
那一刻我痛苦地意识到
你压根儿不在这座城里。

（1934，选自《英国十四行诗》）

---

① 一九三四年冬，布莱希特在伦敦，试图寻找合拍电影的机会来挣些钱，这首十四行诗是写给滞留在巴黎的女友斯黛芬的。

问　题

写信告诉我，你穿的是什么！是否够暖和？
告诉我，你睡得如何！床铺是否软和？
告诉我，你现在的模样！是否还和从前一样？
告诉我，你在思念什么！是不是我的臂膀？

告诉我，你过得如何！有没有受欺辱？
告诉我，他们做了些什么！你的勇气是否足够？
告诉我，你在做的事情！是否还顺利？
告诉我，你在想什么？是不是我？

看来，我对你只有一串问题！
并且已听见答案落下的声音！
如果你累了，我不能为你扛起什么。

如果你在挨饿，我没有食物给你充饥。
这情形就像我已从这个世界彻底消失
不再存在，就像忘记了你。

（1934，选自《英国十四行诗》）

医　生

这个病人
是敌人放在我桌上的
他身上有十七处伤口流血，发着高烧，说着胡话。
我怎敢为他包扎？
他肯定是被人殴打
我不能与他有任何瓜葛。

（1934）

邻 居

我就是那个邻居。是我举报了他。
我们不希望我们楼里
住着一个煽动家。

我们挂出万字旗
他却无动于衷
我们要求他也挂出旗帜
他就问我们，我们那间屋
和四个孩子一起住
难道还有放旗杆的地方？
当我们说，我们重又相信未来
他竟笑了起来。

至于那帮人在楼梯上打了他
我们也不喜欢这样。他们撕毁了他的外套。
这么做也没必要。毕竟我们谁都没有
很多外套。

但至少他走了，楼里恢复了安宁。
我们的烦心事已够多，所以至少
得拥有清净。

我们已经发现，有些人
一见我们，就移开目光。但是
带走他的人说
我们做得很好。

（1934）

关于但丁为贝雅特丽齐写的诗歌

她栖身的墓地早已落满灰尘
无论怎样追随她的身影
他都未能真正将她拥有
她的芳名却依然在我们耳畔回响。

因为他命令我们纪念她
凭借他为她写下的诗行
我们别无选择
只能倾听他的赞美。

唉，这种做法多么不道德
如此盛赞的对象
他却只睹芳颜，从未亲身体验！

自打见了她，他便开始吟唱
她穿过街道的倩影就已足够美妙
值得追求的，从不让人汗流浃背。

（1934）

罗马皇帝尼禄

罗马皇帝尼禄也想成为
一位伟大的艺术家，据说是他授意
让整个罗马熊熊燃烧，而他登上塔楼
弹起了竖琴。在一个类似场合
元首对着一幢燃烧的大楼，抽出
他的铅笔，刷刷画出一座新大楼
宏伟的平面图，于是，在艺术风格上
两者便有了区别。

（1934）

一心尽责的人

一心尽责的人，并且
将生命的意义置于更高的目标——
这种情感诗歌里有不少
善良的人却常常走偏道。
他们骄傲地掰开手中
凭诚实赚取的面包：沾满了汗水！
啊，在第七条诫命①之上
他们忘记了，肉的味道更好！
简朴知足固然有用，却是对谁而言？
活得富裕，才能活得舒坦！

其实真不算太坏：紧靠地面
关注自己微小的优点
然后洗个澡，提起神！
在摆满美味的桌前坐定！
怎么，你们不屑？这不算什么规划？
在你们看来，辛苦劳作才像个人样！
我得承认，我可不喜欢这样。
谢天谢地，我不是那种高尚的人。
对我而言，幸福的问题自有答案：
活得富裕，才能活得舒坦！

（1934）

---

① 第七条诫命（或"戒律"）(des siebte Gebot)"毋偷盗"，出自《摩西十诫》的天主教戒律版本。

调　查

据说，当局将进行
一项调查。某个市区
深夜无人入眠。

没有人知道，是谁
也不知道，那人犯了什么罪
所有人都成疑犯。

当人民必须深更半夜扫除自家门前的嫌疑
大人物犯下的累累罪行
就不再
被留意。

（1934）

他曾是他们中的一员

他曾是他们中的一员
在斗争年代
他们吸纳每一个
帮助他们的人
后来，斗争结束了
他们提出了更多要求
想知道他的名字
家乡在哪里，业余时间做什么
还有：他还帮助过谁
于是，他突然消失了。

（1934）

诗人们背井离乡

荷马没有家
但丁被迫背井离乡。
李白和杜甫流离失所
在吞噬三千万人的战乱中。
欧里庇得斯被威胁送上审判台
莎士比亚奄奄一息时被封了嘴。
弗朗索瓦·维庸被缪斯垂顾
但也被警察追捕
流放的卢克莱修
带着"情人"称号
海涅逃到异国，还有布莱希特
逃到了丹麦，在茅屋下躲藏。

（1934）

拿破仑

革命已经结束
伟大的拿破仑驾到
市民拥戴他做了皇帝
如今他们已是主人。
他的元帅们是酒馆老板家的儿子
他的步兵们拿着丰厚的工资
他强大的炮兵部队
为工业开疆辟土。
后来欧洲人民赶走了拿破仑。
保留了他们自己的王侯国君。
后者赚取了所有利益：
坏家伙被更坏的家伙打败。

（1934）

没有人知道他们要做什么

没有人知道他们要做什么
甚至他们自己也不知。

他们说，他们并不想要战争
这话许多人都不信，只因他们狡诈的神情
但是我信。
因为，他们有足够的理由害怕！
他们如此无知，如此暴力，
又怎能阻止一场战争？！

（1934）

我的富裕时光

我做过七个星期的富人。
我用一部戏挣的钱
换来一幢大花园里的房子。入住前
我花了好几个星期观察，在一天中不同的时刻
第一次是夜里，我从它跟前走过，想看一看
破晓时分的古树站在草地上的模样
或者雨天上午池塘苔绿的鲤鱼。
我想看看正午阳光下的矮树篱
或者晚祷钟声响过，那丛白色的杜鹃花。
后来我和朋友搬了进去。我的汽车
就停在云杉下。环顾四周：从任何角度
都看不见花园的边界，起伏的草坡
还有树丛挡住了树篱。
房子很漂亮。精工细作的楼梯，昂贵的木料
平坦的台阶，美丽的栏杆。细细粉刷过的房间
护墙板一直铺到天花板。巨大的铁炉
精雕细镂农民劳作的场景。
厚实的木门通向
橡木长椅和橡木桌的凉爽走廊
铜质门把手
还不算最上乘，浅褐房子周围铺满
光滑的地砖，微微凹陷
是从前住客踩踏的痕迹
房子的一切都赏心悦目，恰到好处！房间各具特点
每一间都是最好的！随着时辰变化而变换着模样！

这里的季节变化一定很美吧，但我们并没有经历，因为
体验了七个星期真正的富裕，我们离开了此地，很快
我们逃过了边境。

我已深深体验占有的快乐，我很高兴
曾经的拥有。当我穿过我的花园，接待我的客人
讨论着建筑规划，就像讨论与我职业相关的一切
我承认那时很快乐。但对我来说，七个星期似乎已足够。
离开时，我并不遗憾，或者说，遗憾并不多。写下这些
我已费了不少精神。当我问自己
若要保留那项房产，我愿意说多少谎
我知道，其实无需很多。因此，我希望
留住它也不算什么坏主意。那幢房子
不算少，但是
世上还有更多。

（1934 / 1935）

犹太人的大罪孽

我们国家的苦难都是犹太人的错

大家都知道，元首演讲时这么说

他建立政党的初衷

就是要把犹太人彻底清除

这是否意味着：没有犹太人

长官们和老爷们就不会

住宫殿与别墅

不会花天酒地，胡吃海喝

既想称霸国内，又要压迫外国

就不必拥有无比庞大的军队

是否没有犹太人，就不会有两百万探子

和五千八百万被监视的民众

就不会有庞大的纳粹党

每年侵吞人民六百亿收入的

两百亿还要多。

（1935）

在逃亡的第二年

在逃亡的第二年
我在一份外国报纸上读到：
我失去了国籍。
我既不悲伤，也不高兴
当我看见自己的名字
夹在许多名字中间
有好人，有坏人。
看样子，逃亡者的命运并不比
留下的人更糟糕。

（1935）

剧作家之歌

一

我是一名剧作家。我呈现
我的所闻所见。在人口市场
我目睹人如何被贩卖。于是我
呈现它，我，一名剧作家。

他们如何进入房间，各怀盘算
或站在大街上守候
揣着橡皮棍，或者钞票
他们如何互设圈套
满怀希望
他们如何约会
或相互绞杀
如何做爱
如何捍卫猎物
吃吃喝喝
我呈现这一切。

我写下他们彼此的喊话。
母亲对儿子说的话
雇主命令雇工的话
女人回答男人的话
所有请求的话，蛮横的话
所有乞求的话，误导的话
欺骗的与无知的话

优美的和伤害的话

我写下这一切。

我看见飞雪登场。

我看见地震亮相。

我看见群山站在路中央。

我看见河流漫过堤岸。

可是飞雪戴着帽子。

地震的胸袋揣着钞票。

众山跨出汽车。

湍流掌控了警察。

二

为呈现我的所见

我翻阅异族与前朝的作品

仿写了其中几部，我仔细推敲

个中技巧，汲取

有益之处

我向英国人学习

大贵族的表演，我研究富人的角色，

世界的意义对他们而言就是扩张

我研究西班牙人如何热衷道德教化

琢磨印度人，美妙感受的大师

揣摩中国人如何展现他们的家庭

以及城市里色彩斑斓的命运

我编写台词，如此这般，使它们

效果明显，令说出它们的人

高兴或者不快。也让我们其余的人
不悦或者开怀，倘若话说得如此这般
（这增加了观剧难度：最初的效果
要看第二遍才能显现）

我总是表演一遍
所有动作，如临一场
评审大会，就像某个人
小心翼翼，努力回忆
过去如何，以及应当如何
呈现所有真实，迎接
终审会的评判。

在我的时代，变化如此之快
房屋和城市的外观，离开两年
回来时已变成另一副模样
短短数年，千千万万人
变了样貌，我看见
工人们走进工厂大门，门很高
等他们出来时，却已需要弯腰。

所以我告诉自己：
万物变化，皆有其时。

于是我给每一个舞台做了记号
给每一家工厂，每一个房间
打上年份的烙印
如同牧人给牲口烙上一个数字
用来辨认

需要的台词
我也做了记号，让它们像
稍纵即逝的格言，记下来
就不会遗忘。

这些年，那个身穿工装
俯身察看传单的女人在说什么，
股票投资者和他们的秘书如何交流
昨日后脑勺上的帽子
我用稍纵即逝的记号
标记了它们的年份。

但我将一切交与惊奇
连同最熟悉不过的场景
我讲述母亲给婴儿哺乳
如同说起一桩没人会信的事情
我呈现一个看门人如何拒绝一个冻僵的人
就像从未有人见过那种情景。

（1935）

善有何用？

一

善有何用
如果善良的人随时被杀，或者被杀的
是他们善待的对象？

自由何用？
倘若自由的人必须生活在不自由的人当中？

理性何用？
倘若仅靠非理性就能获取所需的食物？

二

与其只做善人，不如
努力创造一个环境，使善成为可能，或者更好的是：
使善成为多余！

与其只做自由人，不如
努力创造一个环境，使所有人都自由
甚至使对自由的爱
也成为多余！

与其只讲理性，不如努力
创造一个环境，使个体的非理性
变成一桩坏事！

（1935）

乘　客

几年前
我在学驾驶，教练让我
抽一根雪茄；如果
在熙攘的车河里，或者急转弯处，我的烟熄灭了
他会把我从驾驶座上赶走。他还喜欢
一路说笑，要是我
紧盯方向盘，不苟言笑，他就一把夺过方向盘。
你这副样子让我不安，他说
我作为乘客感到害怕，如果我发现
司机过于专注
眼睛只盯方向盘

从此以后，我工作时
会提防自己不要过于沉迷。
会注意周围的动静。
有时我会停下手头的活，和别人聊几句。
至于把车开得飞快，快到无法抽雪茄
我已戒掉这个习惯。因为我会想起
车里的乘客。

（1935）

学习者

起先，我在沙上建造，然后在岩石上。
当岩石坍塌
我就建造在虚无上。
后来我又多次
在沙子和石头上建造，一次次失败，但是
我已学到。

我托付信件的人
扔掉了我的信。但我并不重视的人
把信带回给我。
那一刻，我已学到。

我所托之事未被转达
当我去到那里，才发现
是我的想法错了。而正确的
已经完成。
我已学到。

寒冷时节
伤疤会疼
但我常说：只有坟墓
再也不能教我什么。

（1935）

飞翔的黄油

飞，轰炸机，飞!
戈林将军忙战备。
柜子里的黄油没了。妈妈
抬头望天，瞧，我们的黄油在天上飞!

（1935）

流亡的诗

只为了生计，他们才愿意
向陌生环境索取。记忆
用得很节省

没有人打电话来，也不会有人挽留
没有人责怪他们，也没有人赞美他们。

既然他们不拥有现在
那么就出借长远。努力改变自己
也只是为了抵达
遥远的目的地。

做工的人，漫不经心
只为换来一点食物。失眠的人
也不需要床铺。

他们与同时代人
还没有与祖先的联系多
他们是一群没有当下的人
总是把热切的目光投向
他们的后代。

他们说来说去，不过是些回忆
他们走来走去，没有护照和证明。

（1935）

你们就像来到海边的人

你们就像来到海边的人
企图穿过海洋，用一把小勺
就想舀干海水。或者像那些
从塔楼上跌落的人，一边跌落一边还思考
怎样把塔楼建得更高。

仿佛你们生活在伟大的时代。——也的确如此。

（1935）

难以忘怀的夜晚

那个难以忘怀的夜晚，我头顶的天空
足够明亮。我坐的椅子
足够舒适。谈话
足够轻松。饮料
足够浓烈。女孩，你的手臂
足够柔软，在那个
难以忘怀的夜晚。

（1936）

我曾想过

一

我曾想过：在遥远的将来
我住过的房屋已经颓败
我乘坐的船只也已腐烂
我的名字仍将被人提起
与另一些名字一起。

二

因为我曾赞美有益的事物
它们在我的时代被当作粗劣
因为我曾与宗教斗争
因为我曾反抗压迫，或者
因为别的什么原因。

三

因为我曾支持人民，尊敬他们
并且向他们托付我的一切。
因为我写下诗句，丰富了语言。
因为我曾教导人们，如何付诸行动，或者因为
任何其他的原因。

四

因此我相信，我的名字将被提及
我的名字

将被刻在一块石头上，或从旧书

再印入新书。

五

但今天我同意

我的名字应该被遗忘。

何须

再问起面包师，假如已有足够的面包？

何须

再赞美融化的雪

当新雪即将落下？

何须

再强调一个过去

假如已经拥有一个未来？

六

何须

提到我的名字？

（1936）

战争之初

当德国武装到牙齿
大祸便要临头
鼓手即将发动他的战争。

而你们就要保卫德国
去别的国度，在陌生土地上
攻打你们的同类。

鼓手将编造解放的梦想
国内的压迫将史无前例。

他也许会赢得所有战役
除了最后一场。

如果鼓手的战争失败
德国将迎来胜利。

（1936）

政权的公告

政权的公告
像影子尾随
谎言。
统治者在咆哮
人民在低语。

（1936）

粉刷匠说

大炮造得越多
和平持续越久。

照他的说法：
谷子播种越多
粮食收获越少。
牛宰杀得越多
牛肉就会变少。
雪融化越多
河流就越浅。

（1936）

年轻人埋头读书

年轻人埋头读书
为什么而学习？
没有一本书教他们
挂在铁丝网上的人
如何喝到水。

（1936）

年轻的女孩们在村庄树下

年轻的女孩们在村庄树下，
挑选恋人。
死神也在挑选它的对象。

也许
树也未必能活。

（1936）

入夜了

入夜了
夫妇们
躺到床上。年轻的女人
将生下孤儿。

（1936）

战争中，许多东西都会变大

战争中，许多东西都会变大
变大的是
资产者的资产
无产者的贫穷
元首的演讲
和被统治者的沉默。
被战争终结生命的人数
想要终结战争的人数。

（1936）

战争工业

运走一条山谷，然后
建设一个洞穴。

（1936）

像盗窃犯

像盗窃犯
在没有月亮的夜晚，环顾四周
是否有警察巡逻
跟在真相后面的人
也是这副神情。

他带走真相
像揣着偷来的东西
肩膀慌里慌张
害怕有只手落在上面。

（1936）

当我们长久分离

我们还从未经历如此漫长的分离
我读着你的来信，忧心忡忡地寻找
陌生的字眼，它们告诉我，你不再是那个
我多么熟悉，日思夜想的人。
但也许应该是：当我们相见，只须一眼
便立刻看清彼此巨大的困境。

（1936）

娜娜之歌

一

先生们，十七岁那年
我来到爱情市场
大长见识。
这里恶心事特别多
可这就是所谓的游戏。
有时我也会恼火。
（毕竟，我也是个人。）
感谢上帝，一切都很快过去
甚至包括爱情，还有悲伤。
昨夜的泪水流去了哪里？
去年的雪如今落在何方？

二

岁月流逝，跑一趟爱情市场
自然变得更容易
我抱过的男人已数不清。
人的感情
却变得出奇冷漠
倘若用得俭省。
（毕竟，任何储备都会耗尽。）
感谢上帝，一切都很快过去
甚至包括爱情，还有悲伤。
昨夜的泪水流去了哪里？
去年的雪如今落在何方？

三

即使在爱情市场
学会了讨价还价：
将欲望变成小钱
也永远不会轻而易举。
如今目的虽已达到
但人也在慢慢变老。
（毕竟，你不可能永远停留在十七岁。）
感谢上帝，一切都很快过去
甚至包括爱情，还有悲伤。
昨夜的泪水流去了哪里？
去年的雪如今落在何方？

（1936）

经典作品的思想

他赤身裸体，不戴饰物
面无愧色来到你面前，因为他确信
自己的用处。
他不担心
你已认识他，你忘了他，
对他而言就已足够。
他说话的语气
有一种伟大的粗俗。不兜圈子
也没有过渡
他习惯了直接亮相，习惯了
凭借自身的用处吸引注意。
他的听众是苦难，而苦难没有时间。
寒冷和饥饿监视
听众的注意力，稍稍走神
就会溃散。
倘若出场时趾高气扬
只会证明，如果没有听众，他将什么都不是
假如听众不愿接受他
他既不会来，也不会知道
能去何处，或者，何处可留他。是的，若未经听众的教导
——那些昨天还无知的人
他将很快失去力量，迅速消亡。

（1936）

208

奥德赛返乡

就是那个屋顶。第一缕忧愁轻轻化解。
因为从屋顶升起了炊烟——屋子有人住
他们在船上时就想：也许
这里未变的，只有月亮。

（1936）

关于暴力

咆哮的水流
被认为是暴力的
挤压它的河床，
却无人指责。

摧折桦树的风暴
被认为是暴力的
可是，如何评判
压弯街道工人背脊的风暴？

（1936）

我如何写出不朽的作品？

我如何写出不朽的作品
倘若我寂寂无名？
我该如何作答，倘若无人提问？
为何我浪费时间写诗，倘若时间已将它们丢弃？
我使用一种持久的语言写下建议
因为我怕太过漫长。
达成大目标，须有大变化。
大变化的敌人是小变化。
我有敌人。所以我必须出名。

（1936 / 1937）

新时代的堂吉诃德

某些时刻，我觉得
似乎我根本就不是这个傻瓜
似乎我是一个更高级的存在
就像我读到的人物
不是奴仆，而是一个
想到就能做到的男人。
在日常工作的某个时刻
我被一股神秘之力击中
巨大的力量在我体内生长
房间改变了形状
我站出，我惩罚，我复仇！
我蔑视权力！我怜悯柔弱！
所有被压迫被羞辱的人
在我之前，无人将他们保护
现在我听见，他们松了一口气
因为我改变了事情寻常的走向。
如此说来，在我的生活之侧
我过着第二种更好的生活。

（1936 / 1937）

不懈地

渔夫不懈地将渔网
撒向统治者的话语之海
捞出石头，高举着
展示给饥饿的人。

（1937）

朝夕阅读

我爱的人
对我说
他需要我。

于是我
处处当心
留神脚下的道路
害怕一滴雨
就能把我砸死。

（1937）

我们之间从未停止谈话

我们之间从未停止谈话，就像
两株白杨的絮语。多年的谈话
如今已暗哑。我再也听不见
你的言语，你也同样
听不见我的话。
我曾拥你入怀，为你梳理头发
我曾教你战争的艺术
教你如何与男人相处
如何读书，如何阅人
如何战斗，如何休息
但现在我发现
我还有许多话没有对你说
夜里我常常起身，那些无用的建议
卡住了我的喉咙。

（1937）

流亡途中的女演员
——献给海伦娜·魏格尔①

她正在白色的小隔间里化妆

坐在一张破凳子上，弯着腰，

用轻巧的手势，

对镜上妆。

她小心翼翼地从脸上

抹去任何特点：即便最微妙的情绪

也将改变她的脸庞。有时

瘦削优雅的肩膀

稍稍前倾，像一个干苦力的人。

此刻，她穿上了粗布衬衣

袖子缝着补丁。一双树皮鞋

还放在梳妆台上。

化完妆

她急切问，鼓是否已送来？

它将制造隆隆炮声，大渔网

是否已挂上？然后她起身，小巧的身材

伟大的女战士

穿上了树皮鞋，表演起

安达卢西亚渔夫的妻子

向将军们抗争。

（1937）

---

① 诗中提到的角色是魏格尔在一九三七年于布莱希特戏剧《卡拉尔夫人的枪》中扮演的卡拉尔夫人。

Bertolt Brecht
Die Gedichte

049 关于爬树

—

VOM KLETTERN IN BÄUMEN

1

Wenn ihr aus eurem Wasser steigt am Abend –
Denn ihr müßt nackt sein und die Haut muß weich sein –
Dann steigt auch noch auf eure großen Bäume
Bei leichtem Wind. Auch soll der Himmel bleich sein.
Sucht große Bäume, die am Abend schwarz
Und langsam ihre Wipfel wiegen, aus!
Und wartet auf die Nacht in ihrem Laub
Und um die Stirne Mahr und Fledermaus!

2

Die kleinen harten Blätter im Gesträuche
Zerkerben euch den Rücken, den ihr fest
Durchs Astwerk stemmen müßt; so klettert ihr
Ein wenig ächzend höher ins Geäst.
Es ist ganz schön, sich wiegen auf dem Baum!
Doch sollt ihr euch nicht wiegen mit den Knien!
Ihr sollt dem Baum so wie sein Wipfel sein:
Seit hundert Jahren abends: Er wiegt ihn.

—

VOM SCHWIMMEN IN SEEN UND FLÜSSEN

1

Im bleichen Sommer, wenn die Winde oben
Nur in dem Laub der großen Bäume sausen
Muß man in Flüssen liegen oder Teichen
Wie die Gewächse, worin Hechte hausen.
Der Leib wird leicht im Wasser. Wenn der Arm
Leicht aus dem Wasser in den Himmel fällt
Wiegt ihn der kleine Wind vergessen
Weil er ihn wohl für braunes Astwerk hält.

2

Der Himmel bietet mittags große Stille.
Man macht die Augen zu, wenn Schwalben kommen.
Der Schlamm ist warm. Wenn kühle Blasen quellen
Weiß man: Ein Fisch ist jetzt durch uns geschwommen.
Mein Leib, die Schenkel und der stille Arm
Wir liegen still im Wasser, ganz geeint
Nur wenn die kühlen Fische durch uns schwimmen
Fühl ich, daß Sonne überm Tümpel scheint.

3

Wenn man am Abend von dem langen Liegen
Sehr faul wird, so, daß alle Glieder beißen
Muß man das alles, ohne Rücksicht, klatschend
In blaue Flüsse schmeißen, die sehr reißen.
Am besten ist's, man hält's bis Abend aus.
Weil dann der bleiche Haifischhimmel kommt
Bös und gefräßig über Fluß und Sträuchern
Und alle Dinge sind, wie's ihnen frommt.

Natürlich muß man auf dem Rücken liegen
So wie gewöhnlich. Und sich treiben lassen.
Man muß nicht schwimmen, nein, nur so tun, als
Gehöre man einfach zu Schottermassen.
Man soll den Himmel anschauen und so tun
Als ob einen ein Weib trägt, und es stimmt.
Ganz ohne großen Umtrieb, wie der liebe Gott tut
Wenn er am Abend noch in seinen Flüssen schwimmt.

一

ERINNERUNGEN AN MARIE A.

1

An jenem Tag im blauen Mond September
Still unter einem jungen Pflaumenbaum
Da hielt ich sie, die stille bleiche Liebe
In meinem Arm wie einen holden Traum.
Und über uns im schönen Sommerhimmel
War eine Wolke, die ich lange sah
Sie war sehr weiß und ungeheur oben
Und als ich aufsah, war sie nimmer da.

2

Seit jenem Tag sind viele, viele Monde
Geschwommen still hinunter und vorbei.
Die Pflaumenbäume sind wohl abgehauen
Und fragst du mich, was mit der Liebe sei?
So sag ich dir: ich kann mich nicht erinnern
Und doch, gewiß, ich weiß schon, was du meinst.
Doch ihr Gesicht, das weiß ich wirklich nimmer
Ich weiß nur mehr: ich küßte es dereinst.

3

Und auch den Kuß, ich hätt ihn längst vergessen
Wenn nicht die Wolke dagewesen wär
Die weiß ich noch und werd ich immer wissen
Sie war sehr weiß und kam von oben her.
Die Pflaumenbäume blühn vielleicht noch immer
Und jene Frau hat jetzt vielleicht das siebte Kind
Doch jene Wolke blühte nur Minuten
Und als ich aufsah, schwand sie schon im Wind.

—

VOM ARMEN B. B.

1

Ich, Bertolt Brecht, bin aus den schwarzen Wäldern.
Meine Mutter trug mich in die Städte hinein
Als ich in ihrem Leibe lag. Und die Kälte der Wälder
Wird in mir bis zu meinem Absterben sein.

2

In der Asphaltstadt bin ich daheim. Von allem Anfang
Versehen mit jedem Sterbsakrament:
Mit Zeitungen. Und Tabak. Und Branntwein.
Mißtrauisch und faul und zufrieden am End.

3

Ich bin zu den Leuten freundlich. Ich setze
Einen steifen Hut auf nach ihrem Brauch.
Ich sage: es sind ganz besonders riechende Tiere
Und ich sage: es macht nichts, ich bin es auch.

4

In meine leeren Schaukelstühle vormittags
Setze ich mir mitunter ein paar Frauen
Und ich betrachte sie sorglos und sage ihnen:
In mir habt ihr einen, auf den könnt ihr nicht bauen.

5

Gegen abends versammle ich um mich Männer
Wir reden uns da mit »Gentleman« an
Sie haben ihre Füße auf meinen Tischen
Und sagen: es wird besser mit uns. Und ich frage nicht: wann.

6

Gegen Morgen in der grauen Frühe pissen die Tannen
Und ihr Ungeziefer, die Vögel, fängt an zu schrein.
Um die Stunde trink ich mein Glas in der Stadt aus und
schmeiße
Den Tabakstummel weg und schlafe beunruhigt ein.

7

Wir sind gesessen ein leichtes Geschlechte
In Häusern, die für unzerstörbare galten
(So haben wir gebaut die langen Gehäuse des Eilands
Manhattan
Und die dünnen Antennen, die das Atlantische Meer
unterhalten).

8

Von diesen Städten wird bleiben: der durch sie hindurchging,
der Wind!
Fröhlich machet das Haus den Esser: er leert es.
Wir wissen, daß wir Vorläufige sind
Und nach uns wird kommen: nichts Nennenswertes.

9

Bei den Erdbeben, die kommen werden, werde ich hoffentlich
Meine Virginia nicht ausgehen lassen durch Bitterkeit
Ich, Bertolt Brecht, in die Asphaltstädte verschlagen
Aus den schwarzen Wäldern in meiner Mutter in früher Zeit.

—

TERZINEN ÜBER DIE LIEBE

Sieh jene Kraniche in großem Bogen!
Die Wolken, welche ihnen beigegeben
Zogen mit ihnen schon als sie entflogen

Aus einem Leben in ein anderes Leben.
In gleicher Höhe und mit gleicher Eile
Scheinen sie alle beide nur daneben.

Daß also keines länger hier verweile
Daß so der Kranich mit der Wolke teile
Den schönen Himmel, den sie kurz befliegen

Und keines andres sehe als das Wiegen
Des andern in dem Wind, den beide spüren
Die jetzt im Fluge beieinander liegen.

So mag der Wind sie in das Nichts entführen;
Wenn sie nur nicht vergehen und sich bleiben
So lange kann sie beide nichts berühren

So lange kann man sie von jedem Ort vertreiben
Wo Regen drohen oder Schüsse schallen.
So unter Sonn und Monds verschiedenen Scheiben

Fliegen sie hin, einander ganz verfallen.

Wohin ihr?
   Nirgend hin.

Von wem davon?

Von allen.

Ihr fragt, wie lange sind sie schon beisammen?
Seit kurzem.
            Und wann werden sie sich trennen?
                                            Bald.
So scheint die Liebe Liebenden ein Halt.

—

ICH BENÖTIGE KEINEN GRABSTEIN, aber

Wenn ihr einen für mich benötigt
Wünschte ich, es stünde darauf:
Er hat Vorschläge gemacht. Wir
Haben sie angenommen.
Durch eine solche Inschrift wären
Wir alle geehrt.

—

DEUTSCHLAND

Mögen andere von ihrer Schande
sprechen, ich spreche von der meinen

O Deutschland, bleiche Mutter!
Wie sitzest du besudelt
Unter den Völkern.
Unter den Befleckten
Fällst du auf.

Von deinen Söhnen der ärmste
Liegt erschlagen.
Als sein Hunger groß war
Haben deine anderen Söhne
Die Hand gegen ihn erhoben.
Das ist ruchbar geworden.

Mit ihren so erhobenen Händen
Erhoben gegen ihren Bruder
Gehen sie jetzt frech vor dir herum
Und lachen in dein Gesicht
Das weiß man.

In deinem Hause
Wird laut gebrüllt was Lüge ist
Aber die Wahrheit
Muß schweigen.
Ist es so?

Warum preisen dich ringsum die Unterdrücker, aber
Die Unterdrückten beschuldigen dich?

Die Ausgebeuteten
Zeigen mit Fingern auf dich, aber
Die Ausbeuter loben das System
Das in deinem Hause ersonnen wurde!

Und dabei sehen dich alle
Den Zipfel deines Rockes verbergen, der blutig ist
Vom Blut deines
Besten Sohnes.

Hörend die Reden, die aus deinem Hause dringen, lacht man.
Aber wer dich sieht, der greift nach dem Messer
Wie beim Anblick einer Räuberin.

O Deutschland, bleiche Mutter!
Wie haben deine Söhne dich zugerichtet
Daß du unter den Völkern sitzest
Ein Gespött oder eine Furcht!

—

DIE AUSWANDERUNG DER DICHTER

Homer hatte kein Heim

Und Dante musste das seine verlassen.

Li-Po und Tu-Fu irrten durch Bürgerkriege

Die 30 Millionen Menschen verschlangen

Dem Euripides drohte man mit Prozessen

Und dem sterbenden Schakespeare hielt man den Mund zu.

Den François Villon suchte nicht nur die Muse

Sondern auch die Polizei

„Der Geliebte" genannt

Ging Lukrez in die Verbannnung

So Heine und so auch floh

Brecht unter das dänische Strohdach.

—

MORGENS UND ABENDS ZU LESEN

Der, den ich liebe
Hat mir gesagt
Daß er mich braucht

Darum
Gebe ich auf mich acht
Sehe auf meinen Weg und
Fürchte von jedem Regentropfen
Daß er mich erschlagen könnte.

225 告　别

—

DER ABSCHIED

Wir umarmen uns.
Ich fasse guten Stoff
Du fassest schlechten.

Die Umarmung ist schnell.
Du gehst zu einem Mahl
Auf mich warten die Schergen.

Wir sprechen vom Wetter und von unsrer
Dauernden Freundschaft. Alles andere
Wäre zu bitter.

一

IN DEN FINSTEREN ZEITEN

Wird da auch gesungen werden?
Da wird auch gesungen werden.
Von den finsteren Zeiten.

—

FRAGEN EINES LESENDEN ARBEITERS

Wer baute das siebentorige Theben?

In den Büchern stehen die Namen von Königen.

Haben die Könige die Felsbrocken herbeigeschleppt?

Und das mehrmals zerstörte Babylon

Wer baute es so viele Male auf? In welchen Häusern

Des goldstrahlenden Lima wohnten die Bauleute?

Wohin gingen an dem Abend, wo die chinesische Mauer

                                fertig war

Die Maurer? Das große Rom

Ist voll von Triumphbögen. Wer errichtete sie? Über wen

Triumphierten die Cäsaren? Hatte das vielbesungene Byzanz

Nur Paläste für seine Bewohner? Selbst in dem sagenhaften

                                Atlantis

Brüllten in der Nacht, wo das Meer es verschlang

Die Ersaufenden nach ihren Sklaven.

Der junge Alexander eroberte Indien.

Er allein?

Cäsar schlug die Gallier.

Hatte er nicht wenigstens einen Koch bei sich?

Philipp von Spanien weinte, als seine Flotte

Untergegangen war. Weinte sonst niemand?

Friedrich der Zweite siegte im Siebenjährigen Krieg. Wer

Siegte außer ihm?

Jede Seite ein Sieg.

Wer kochte den Siegesschmaus?

Alle zehn Jahre ein großer Mann.

Wer bezahlte die Spesen?

So viele Berichte

So viele Fragen.

DIE BÜCHERVERBRENNUNG

Als das Regime befahl, Bücher mit schädlichem Wissen
Öffentlich zu verbrennen, und allenthalben
Ochsen gezwungen wurden, Karren mit Büchern
Zu den Scheiterhaufen zu ziehen, entdeckte
Ein verjagter Dichter, einer der besten, die Liste der
Verbrannten studierend, entsetzt, daß seine
Bücher vergessen waren. Er eilte zum Schreibtisch
Zornbeflügelt, und schrieb einen Brief an die Machthaber.
Verbrennt mich! schrieb er mit fliegender Feder, verbrennt mich!
Tut mir das nicht an! Laßt mich nicht übrig! Habe ich nicht
Immer die Wahrheit berichtet in meinen Büchern? Und jetzt
Werd ich von euch wie ein Lügner behandelt! Ich befehle euch:
Verbrennt mich!

AN DIE NACHGEBORENEN

1

Wirklich, ich lebe in finsteren Zeiten!

Das arglose Wort ist töricht. Eine glatte Stirn
Deutet auf Unempfindlichkeit hin. Der Lachende
Hat die furchtbare Nachricht
Nur noch nicht empfangen.

Was sind das für Zeiten, wo
Ein Gespräch über Bäume fast ein Verbrechen ist
Weil es ein Schweigen über so viele Untaten einschließt!
Der dort ruhig über die Straße geht
Ist wohl nicht mehr erreichbar für seine Freunde
Die in Not sind?

Es ist wahr: ich verdiene noch meinen Unterhalt
Aber glaubt mir: das ist nur ein Zufall. Nichts
Von dem, was ich tue, berechtigt mich dazu, mich satt zu essen.
Zufällig bin ich verschont. (Wenn mein Glück aussetzt
Bin ich verloren.)

Man sagt mir: iß und trink du! Sei froh, daß du hast!
Aber wie kann ich essen und trinken, wenn
Ich es dem Hungernden entreiße, was ich esse, und
Mein Glas Wasser einem Verdurstenden fehlt?
Und doch esse und trinke ich.

Ich wäre gerne auch weise
In den alten Büchern steht, was weise ist:

Sich aus dem Streit der Welt halten und die kurze Zeit
Ohne Furcht verbringen
Auch ohne Gewalt auskommen
Böses mit Gutem vergelten
Seine Wünsche nicht erfüllen, sondern vergessen
Gilt für weise.
Alles das kann ich nicht:
Wirklich, ich lebe in finsteren Zeiten!

2

In die Städte kam ich zu der Zeit der Unordnung
Als da Hunger herrschte.
Unter die Menschen kam ich zu der Zeit des Aufruhrs
Und ich empörte mich mit ihnen.
So verging meine Zeit
Die auf Erden mir gegeben war.

Mein Essen aß ich zwischen den Schlachten
Schlafen legte ich mich unter die Mörder
Der Liebe pflegte ich achtlos
Und die Natur sah ich ohne Geduld.
So verging meine Zeit
Die auf Erden mir gegeben war.

Die Straßen führten in den Sumpf zu meiner Zeit
Die Sprache verriet mich dem Schlächter
Ich vermochte nur wenig. Aber die Herrschenden
Saßen ohne mich sicherer, das hoffte ich.
So verging meine Zeit
Die auf Erden mir gegeben war.

Die Kräfte waren gering. Das Ziel
Lag in großer Ferne
Es war deutlich sichtbar, wenn auch für mich

Kaum zu erreichen.
So verging meine Zeit
Die auf Erden mir gegeben war.

3

Ihr, die ihr auftauchen werdet aus der Flut
In der wir untergegangen sind
Gedenkt
Wenn ihr von unseren Schwächen sprecht
Auch der finsteren Zeit
Der ihr entronnen seid.

Gingen wir doch, öfter als die Schuhe die Länder wechselnd
Durch die Kriege der Klassen, verzweifelt
Wenn da nur Unrecht war und keine Empörung.

Dabei wissen wir ja:
Auch der Haß gegen die Niedrigkeit
Verzerrt die Züge.
Auch der Zorn über das Unrecht
Macht die Stimme heiser. Ach, wir
Die wir den Boden bereiten wollten für Freundlichkeit
Konnten selber nicht freundlich sein.

Ihr aber, wenn es soweit sein wird
Daß der Mensch dem Menschen ein Helfer ist
Gedenkt unsrer
Mit Nachsicht.

—

SCHLECHTE ZEIT FÜR LYRIK

Ich weiß doch: nur der Glückliche
Ist beliebt. Seine Stimme
Hört man gern. Sein Gesicht ist schön.

Der verkrüppelte Baum im Hof
Zeigt auf den schlechten Boden, aber
Die Vorübergehenden schimpfen ihn einen Krüppel
Doch mit Recht.

Die grünen Boote und die lustigen Segel des Sundes
Sehe ich nicht. Von allem
Sehe ich nur der Fischer rissiges Garnnetz.
Warum rede ich nur davon
Daß die vierzigjährige Häuslerin gekrümmt geht?
Die Brüste der Mädchen
Sind warm wie ehedem.

In meinem Lied ein Reim
Käme mir fast vor wie Übermut.

In mir streiten sich
Die Begeisterung über den blühenden Apfelbaum
Und das Entsetzen über die Reden des Anstreichers.
Aber nur das zweite
Drängt mich zum Schreibtisch.

—

DAS IST DIESES JAHR, VON DEM MAN REDEN WIRD

Das ist dieses Jahr, von dem man reden wird
Das ist dieses Jahr, von dem man schweigen wird.

Die Alten sehen die Jungen sterben.
Die Törichten sehen die Weisen sterben.

Die Erde trägt nicht mehr, aber sie schluckt.
Der Himmel wirft keinen Regen, sondern nur Eisen.

—

ES WECHSELN DIE ZEITEN

Es wechseln die Zeiten.Die riesigen Pläne
Der Mächtigen kommen am Ende zum Halt.
Und gehn sie einher auch wie blutige Hähne
Es wechseln die Zeiten, da hilft kein Gewalt.

Am Grunde der Moldau wandern die Steine.
Es liegen drei Kaiser begraben in Prag.
Das Große bleibt groß nicht und klein nicht das Kleine.
Die Nacht hat zwölf Stunden, dann kommt schon der Tag.

365 曾 经

—

EINST

Einst schien dies in Kälte leben wunderbar mir
Und belebend rührte mich die Frische
Und das Bittre schmeckte, und es war mir
Als verbliebe ich der Wählerische
Lud die Finsternis mich selbst zu Tische.

Frohsinn schöpfte ich aus kalter Quelle
Und das Nichts gab diesen weiten Raum.
Köstlich sonderte sich seltne Helle
Aus natürlich Dunklem. Lange? Kaum.
Aber ich, Gevatter, war der Schnelle.

—

DAS THEATER, STÄTTE DER TRÄUME

Vielen gilt das Theater als Stätte der
Erzeugung von Träumen. Ihr Schauspieler geltet als
Verkäufer von Rauschmitteln. In euren verdunkelten Häusern
Wird man verwandelt in Könige und vollführt
Ungefährdet heroische Taten. Von Begeisterung erfaßt
Über sich selber oder von Mitleid zu sich
Selber sitzt man in glücklicher Zerstreuung, vergessend
Die Schwierigkeiten des Alltags, ein Flüchtling.
Allerhand Fabeln mischt ihr mit kundiger Hand, so daß
Unser Gemüt bewegt wird. Dazu verwendet ihr
Vorkommnisse aus der wirklichen Welt. Freilich, einer
Der da mitten hineinkäme, noch den Lärm des Verkehrs im Ohr
Und noch nüchtern, erkennte kaum
Oben auf eurem Brett die Welt, die er eben verlassen hat.
Und auch tretend am Ende aus euren Häusern, erkennte er
Wieder der niedrige Mensch und nicht mehr der König
Die Welt nicht mehr und fände sich
Nicht mehr zurecht im wirklichen Leben.
Vielen freilich gilt dieses Treiben als unschuldig. Bei der
                                        Niedrigkeit
Und Einförmigkeit unsres Lebens, sagen sie, sind uns
Träume willkommen. Wie es ertragen, ohne
Träume? So wird, Schauspieler, euer Theater aber
Zu einer Stätte, wo man das niedrige und einförmige
Leben ertragen lernt und verzichten auf
Große Taten und selbst auf das Mitleid mit
Sich selber. Ihr aber
Zeigt eine falsche Welt, achtlos zusammengemischt
So wie der Traum sie zeigt, von Wünschen verändert
Oder von Ängsten verzerrt, traurige
Betrüger.

—

O LUST DES BEGINNENS!

O Lust des Beginnens! O früher Morgen!
Erstes Gras, wenn vergessen scheint
Was grün ist! O erste Seite des Buchs
Des erwarteten, sehr überraschende! Lies
Langsam, allzuschnell
Wird der ungelesene Teil dir dünn! Und der erste Wasserguß
In das verschweißte Gesicht! Das frische
Kühle Hemd! O Beginn der Liebe! Blick, der wegirrt!
O Beginn der Arbeit! Öl zu füllen
In die kalte Maschine! Erster Handgriff und erstes Summen
Des anspringenden Motors! Und erster Zug
Rauchs, der die Lungen füllt! Und du
Neuer Gedanke!

388 冷 杉

—

TANNEN

In der Frühe
Sind die Tannen kupfern.
So sah ich sie
Vor einem halben Jahrhundert
Vor zwei Weltkriegen
Mit jungen Augen.

—

EPITAPH

Den Tiger entrann ich
Die Wanzen nährte ich
Aufgefressen wurde ich
Von den Mittelmäßigkeiten.

—

WAHRNEHMUNG

Als ich wiederkehrte
War mein Haar noch nicht grau
Da war ich froh.

Die Mühen der Gebirge liegen hinter uns
Vor uns liegen die Mühen des Ebenen.

—

VERGNÜGUNGEN

Der erste Blick aus dem Fenster am Morgen

Das wiedergefundene alte Buch

Begeisterte Gesichter

Schnee, der Wechsel der Jahreszeiten

Die Zeitung

Der Hund

Die Dialektik

Duschen, Schwimmen

Alte Musik

Bequeme Schuhe

Begreifen

Neue Musik

Schreiben, Pflanzen

Reisen

Singen

Freundlich sein.

Svendborger Gedichte

洗 脸
——致 C.N.[①]

多年前我曾为你示范

在清晨洗脸

往小铜盆的水中

放入冰块

浸入整张脸，再睁开眼睛

用粗毛巾擦脸

我盯着墙上那张纸

几行艰难的台词，说：

你就这样做，为你自己，并且

要成为典范。

如今我听说，你也许身陷囹圄。

我写给你的信

音信全无。我为你找了些朋友

他们却沉默。我已无能为力。

你现在的清晨是怎样的？是否还愿为你自己做点什么？

像从前那样，满怀希望，充满责任感

做着娴熟的，堪称典范的动作？

（1937）

---

① C.N. 指德国女演员和歌手卡罗拉·内尔（Carola Neher, 1900-
1942），这首诗写于布莱希特流亡丹麦期间。内尔一九三四年流亡
至苏联，一九三六年被指控为"托洛茨基派"而被判十年监禁。在
一九二六至一九三三年间，曾与布莱希特有过戏剧领域的合作，布
莱希特为她写过几个角色。

鱼王曲

一

啊，他总是在特定时刻出现
像月亮升起又降落
为他提供一顿便宜饭菜
倒也不算难。

二

倘若他待上一晚
就会成为他们中的一员
他所求无多，提供的也很少
在他们眼中，他陌生又亲切

三

他走时，他们习以为常
他来时，他们惊讶异常。
但他总会出现，像月亮轮回
总是心情很好。

四

他像他们那样坐着闲聊：聊聊他们的事
女人的营生，当男人们出航
渔网的花费和渔获多少
最要紧的是如何把税省掉

五

他记不住他们的名字
这方面他并不在行
但他们每天的活计
他却了如指掌。

六

当他聊起他们的事
他们也会问：你自己的事呢？
他微微一笑，环顾周遭
踌躇着回答：我没什么事可说。

七

就这样你言我语
你来我往
每次他都不请自来
却不枉费请他的饭菜。

八

某天他被问道：
你为何来我们这里？
他迅速起身，因为他发觉
这里的氛围已经变了味道。

九

他无可奉告，彬彬有礼地
走出门：像一个被解雇的伙计

没有留下一星半点痕迹
椅垫也没留下坐过的凹印。

十

但他允许另一个人
在他坐过的位置表现得更加丰富
是的，他不会阻止任何人
侃侃而谈，在他的沉默之地。

（1937）

总理的美德

总理住在简朴的乡间别墅
如果他的住宅像尼禄皇帝的宫殿，情况就好些。
劳苦大众也能拥有一个房间。

总理不吃肉
如果他一天七顿，情况也许就好些
劳苦大众就有足够的牛奶喝。

总理不饮酒
最好他每晚公开畅饮，
酒后吐真言。

总理夙兴夜寐，勤奋工作
如果他偷点懒，情况也许就好些
苛政酷律就不会很快颁布。

（1937）

在黑暗的时代

在黑暗的时代
人们不会说：核桃树在风中轻轻摆动。
而说：粉刷匠压迫工人
不会说：孩子打起水漂，扁扁的小卵石飞跃在激流上。
而说：大战正在酝酿。
不会说：女人走进房间
而说：几股大势力联合反对工人
但他们不会说：时代黑暗
而说：为什么诗人陷入了沉默？

（1937）

元首是个便宜货?

由于"格里勒号"①——
帝国财政为元首打造的沙龙游艇
极为豪华,崇尚简朴的元首决定
至少游艇的名字
要朴素些,于是称它
护卫艇,而不是沙龙游艇。

(1937)

---

① "格里勒号"即"格里勒护卫舰"(Aviso Grille),是希特勒的御用游艇,游艇内有"地球吧台"等诸多奢侈设施。德语中 Grille 一词也指"蟋蟀"。

每年九月

每年九月，学校开学前
郊区的女人们站在文具店里
为孩子买课本和练习簿。
她们从旧钱包里绝望地掏出
最后几个芬尼，一边抱怨
知识如此昂贵。但她们不知道
为孩子们定制的知识
有多么糟糕。

（1937）

告　别

我们拥抱
我的手触到好衣料
你的手触到劣质衣料。

这场拥抱很匆忙
你要赶赴一场宴请
而等着我的是群恶棍。

我们谈论天气和我们
长久的友情。其他一切话题
都显得过于苦涩。

（1937）

话语的尾音

我说出我的句子，
在观众听之前；观众听到的
已是一个过去。每一个离开嘴唇的词
在空中划出一道弧线
掉进听者的耳朵，我等待并听见
它的响声。我知道
我们的感受并不相同，
我们也不会同时感受。

（1937）

怀疑者

每当我们

以为找到了一个问题的答案

我们中的一位就去解开墙上古老

中国画轴[①]上的绳结，画垂落下来，

画中长椅上的男人露出

极度怀疑的神情。

他对我们说

我是怀疑者，我怀疑

这项工作是否成功，它吞噬了你们多少日子。

说得难听点，你们的话是否还能对一些人起效。

或者，虽然你们说的不错

但是否真实确凿。

是否有歧义，对每一个可能的误解

你们都须承担责任。也可能很明晰

剔除了事物的矛盾；是否如此？

那你们所说的就没有用处。你们的东西便没有生命。

你们是否真的身处事件之河？并同意即将发生的一切？

你们还会成长吗？你们是谁？在和谁

说话？谁能从你们的话语中受益？

顺便说一下：

你们的话使人清醒吗？能否经得起早晨的阅读？

---

① 此处指布莱希特珍藏的一幅中国画《武圣图》，为清朝画家高其佩（1660-1734）所绘。布莱希特流亡时此画一直带在身边。布莱希特所称的画中"怀疑者"是关羽。可参考《一九四〇》一诗。

是否与现状相关？你们的话

经过实践吗？至少经受过反驳吗？都有依据吗？

靠的是经验？什么经验？

但最重要的

自始至终都是：如果别人信了你们的话

该如何行动？重要的是如何行动

我们一起把蓝色的

怀疑者卷进画轴，交换了一下眼神

从头开始。

（1937）

囚徒的梦

哦，我也曾以我的方式
也曾在我经历的血腥年代
欣然于美食佳饮
有心于玩笑取乐。

河流，晨曦中的草地
风拂动杨树叶
还有大城市
都不会让我无动于衷。

（囚徒的梦里
也会出现树木和城池
他记得荒原上升起
弯月如钩。）

（1937）

纳入我经过充分验证的关系网

一张弹性之网，很久以来我回避
结识新人，小心翼翼，从不
为难和考验朋友
或者赋予他们特殊的
职责和功能
我遵循可能性
只要我不倒下
就不会强人所难
只要我不变弱
就不必应对弱点。
但新人喜欢
得到他人的赞赏。

（1937）

拐　杖

整整七年，我无法迈出一步。
我去找那位大名鼎鼎的医生
他问：干吗拄着拐杖？
我答：我瘫痪了。

他说：毫不奇怪。
来吧，迈开脚步！
使你瘫痪的是这副破烂。
走一走，摔一摔，手脚并用爬起来！

他发出怪物般的大笑
夺过我漂亮的拐杖
在我背上将它一折两断
大笑着将它丢入火中。

我突然好了：我走了起来。
把我治好的是一种大笑。
偶尔，当我看见木头
才会好几个钟头走不利索。

（1938）

不，时间不会剥夺什么

不，时间不会剥夺什么。
曾饱受非议的大门
漫长的蜕变
最终成就美。
备受景仰的纪念碑
时间将它精雕细琢
从外壁到尖顶。
也许时间会打碎什么，或布满锈蚀
它从人们身上拿走的长袍
比给他们穿着时更好。

时间在寒酸的柱顶
挖出一条小沟
它用聪明的拇指
划过坚硬的大理石一角。
为了改进作品
时间把一条活蛇
放入花岗岩雕刻的海德拉①的发髻。
我想，我还听见哥特式屋顶发出的笑
当时间从它古老的门楣上
取出一块石头，放进一个鸟巢。

（1938）

---

① Hydra，希腊神话中的九头蛇。

关于爱的堕落

他们的母亲忍痛分娩，而他们的妻子
忍痛怀孕。

性行为
不再成功。交合仍在进行，但拥抱
是摔跤手的拥抱。女人
抬起手臂防卫，当她们
被占有者拥抱。

那位乡下挤奶工
因擅长拥抱之乐而出名
她用嘲笑的目光看着
身穿貂皮的不幸姐妹
每翘起精心保养的屁股，就会得到酬劳。

耐心的水井
曾哺育无数代人
它惊恐地目睹最后一代，一脸愠怒地
夺走它的水。

任何动物都会做爱。对于动物而言
性爱是一门艺术。

（1938）

赞美健忘

坏记性是好事！
不然，身为儿子
怎舍得离开母亲？
那个哺育他，赋予他强壮四肢
阻拦他考验自己的人？

学生如何能辞别
教过他们的老师？
知识传授完毕
学生就该启程。

老屋
搬进新住客。
倘若造屋人还在此地
屋子就会太拥挤。

炉子已供上暖。无人再认识
当初那个造炉人。耕耘的农夫
认不出眼前这块面包的来历。

若不是忘却了昨夜云烟
第二天清晨又怎能起身？
六次被击倒的人
第七次如何重新站起？
怎会翻耕石块遍地的恶土，或飞行于

危险的天际？

正是坏记性

赋予人力量。

（1938）

你第四次告诉我

你第四次告诉我
你烧掉了身后每一座桥
销毁了所有信件，收回了所有主张
这一次你下定决心
专注于新环境。
我倒宁愿听你说，你正在
寻找新事物，但还需时日
宁愿听你说，你心情不错，并且为良好的关系高兴
如果是这样，我就能很快与你重逢
看你忙着造新桥，收集书信，提出新主张
厌倦了旧的，却仍不能下定决心。

（1938 / 1939）

一九三八年的春天

一

今天，复活节礼拜日的清晨
一场暴风雪突袭了小岛
绿树篱间堆起积雪。我的小儿子①
把我拉到墙边一株杏树前，
我搁下笔——我要用手指明
谁在准备战争，谁在计划
消灭大陆和这座岛，铲除我的同胞、家人和我。
默默地，
我俩把一个麻袋
绑到冻僵的树干上。

二

海峡上空悬着雨云，花园里
阳光洒落。梨树
叶子正绿，还未开花，樱树
开花了，却不见叶。白色伞形花序
像从光秃的树枝上迸出。
绿波荡漾的海面
驶过一艘小船，船帆缀着补丁。
椋鸟的叫声
夹杂远处的雷鸣
那是第三帝国的海军

---

① 指斯特凡·布莱希特（Stefan Brecht，1924-2009）。

在进行枪炮演习。

三

海湾柳树下
这些春夜里，常响起猫头鹰的叫声。
农民的迷信说法
它是在提醒
有人活不长了。不过我
知道自己已说出关于统治者的
真相，死亡之鸟就不必再
通知我这件事。

（1938，选自《斯黛芬集》①）

---

① 该诗集出版于一九四一年，布莱希特以玛格丽特·斯黛芬的名字
命名诗集。诗集中所录诗作大都为斯黛芬生前亲自为布莱希特整理
和编辑的诗歌。斯黛芬病故后，布莱希特长达一年时间无法正常工作。

偷樱桃的人

一个黎明，公鸡还未打鸣
我被一声口哨吵醒，我走到窗前。
破晓时分的花园，我的樱桃树上，
坐着一个年轻小伙，裤子缀着补丁
他快活地摘我的樱桃。小伙看见了我
朝我点点头，两只手从树枝上
摘下樱桃，装进口袋。
当我回到床上，过了许久
我还听见，小伙吹着快乐小调。

（1938，选自《斯黛芬集》）

《斯文堡诗集》[①]

第一部题词

我逃到了丹麦的茅屋下，朋友
我会关注你们的斗争，从这里
时不时给你们写上几句话，惊恐于
海峡和树枝上方血肉模糊的脸。
请小心使用寄达的话语！
发黄的书籍，碎片的报道
是我的支撑。倘若我们重逢
我愿意重操教导的旧业。

（1938）

[①]《斯文堡诗集》是布莱希特流亡丹麦期间出版的一部重要诗集，首版时间为一九三九年，诗集以他所居住的丹麦第三大岛（Fünen）上的斯文堡镇（Svendborg）命名。奥地利作曲家和音乐理论家汉斯·艾斯勒（Hans Eisler）曾多次前往该镇拜访布莱希特，并与布莱希特一起给大部分诗歌配上了音乐。

高高在上的人眼中

高高在上的人眼中
谈论吃喝是低级趣味
这是因为：
他们已经吃饱。

卑贱的人
没吃过一口好肉
就得离开尘世。

从哪里来，到哪里去，
他们无心思考
夜晚如此美丽
而他们筋疲力尽。

高山和大海
他们未曾见识
告别的时辰却已来到。

如果卑微者不思考自身
卑微的命运
他们将无法翻身。

（选自《斯文堡诗集》）

日历上，有个日子还没标记

日历上，有个日子还没标记
所有月份，所有日子
都还空着。其中一个日子
将被作上记号。

（选自《斯文堡诗集》）

那些从桌上拿走肉的人

那些从桌上拿走肉的人
教育人们要懂得满足。
注定获利的人
要求人们奉献自我。
餍足之人向饥民描述着
即将来临的伟大时代。
把帝国带向深渊的人
声称凡人无法胜任
治国的重任。

（选自《斯文堡诗集》）

上面的人说起和平与战争

上面的人说：和平与战争
由不同材料构成。
但他们的和平与战争
像疾风与暴雨。

战争酝酿于他们的和平
就像儿子被母亲生下
遗传了她
糟糕的特征。

他们的战争只会杀死
他们的和平
残留下来的东西。

（选自《斯文堡诗集》）

上面的人

上面的人
聚集在一个房间。
街上的人
放弃了所有希望。

政府
签下不侵犯条约。①
小人物
请写下你的遗嘱。

（选自《斯文堡诗集》）

---

① "不侵犯条约"指一九三九年德国和苏联秘密签署的《苏德互不侵犯条约》。

墙上用粉笔写着

墙上用粉笔写着：
他们要这场战争。
写字的人
已经阵亡。

（选自《斯文堡诗集》）

即将到来的战争

即将到来的战争
并非第一次。之前
也有过其他的战争。
上一场战争结束时
有了战胜国和战败国。
战败国的底层人民
挨过饿。在战胜国
底层的人民同样挨饿。

（选自《斯文堡诗集》）

将军，你的坦克是一辆强大的战车

将军，你的坦克是一辆强大的战车
它冲毁树林，把上百人碾成齑粉。

但它有一个缺陷：
它需要一个驾驶员。

将军，你的轰炸机很强大
它飞得比风暴快，驮得比大象多。
但它有一个缺陷：
它需要一个装配工。

将军，人确实很有用。
他能飞行，他能杀人。
但他有一个缺点：
他有思想。

（选自《斯文堡诗集》）

第二部题词

黑暗的时代
也有歌吗？
是的，也会有歌声响起。
唱着黑暗的时代。

（选自《斯文堡诗集》）

德国之歌

他们又说起伟大的时代
（安娜，别哭）
杂货店老板会给我们记账。

他们又说起荣誉
（安娜，别哭）
橱里已没什么东西可拿。

他们又说起胜利
（安娜，别哭）
他们抓不到我。

队伍已经上路
（安娜，别哭）
我回来时
将走在别的旗帜下。

（选自《斯文堡诗集》）

椋鸟群之歌

一

十月里我们出发
从绥远飞向南方
我们飞得很快，从未偏离方向
五天穿越了四个省。
快快飞吧，平原在期盼
天气一天天寒冷，
南方有温暖。

二

我们从绥远出发
飞了八千里路
飞得越远，队伍越大，日增数千
五天穿越了四个省。
快快飞吧，平原在期盼
天气一天天寒冷，
南方有温暖。

三

我们正飞越
湖南的平原
看到下面张开了大网，这才明白
这五天我们飞到了何方：
平原曾期盼

温暖在增加，而我们

注定死亡。

（选自《斯文堡诗集》）

小李树

农庄有棵小李树
个头矮小无人爱。
栅栏将它团团围
无人把它来踢踩。

小矮树呀不长个，
心心念念想长高！
可这心愿不能了：
只因阳光太稀少。

小小李树无人信
从未结出果一粒
但它的确是李树：
看看叶子就明白。

（选自《斯文堡诗集》）

我的哥哥曾是一名飞行员①

我的哥哥曾是一名飞行员
有一天，他拿到一张卡片
他收拾好箱子
一路向南。

我的哥哥是个征服者
我们的民族缺少空间
争取更多土地
是我们古老的梦想。

我哥哥征服的空间
位于瓜达拉马山谷
长一米八
深一米五。

（选自《斯文堡诗集》）

---

① 此诗大约写于一九三七年春，背景与德国"秃鹰军团"（Legion
Condor）在希特勒授意下秘密参与西班牙内战、支持弗朗哥政权相
关。瓜达拉马山谷指的是西班牙"烈士谷"（Valle de los Caidos）
纪念内战阵亡者的陵墓。

一位工人阅读时的疑问

谁造就了七个城门的底比斯？[①]
书里只写着国王们的名字。
莫非是国王们搬来的岩石？
几经摧残的巴比伦
是谁一次次将它重建？
金碧辉煌的利马城，建筑工们
又栖身于何种房屋？
中国长城修完的那一夜，泥瓦匠们
去了哪里？伟大的罗马
处处矗立凯旋门。是谁建起它们？恺撒
战胜了谁？世人称颂的拜占庭
是否有平民居住的宫殿？海水吞没
的传奇之城亚特兰蒂斯，深夜，
那些淹溺者仍然在高声传唤奴隶。

年轻的亚历山大征服了印度。
难道是他一个人的功劳？
恺撒击败了高卢人。
他至少有一名跟班厨子吧？
西班牙的腓力国王为覆没的舰队哭泣。
是否还有人暗自悲泣？
腓特烈二世打赢了七年战争。除了他
还有谁是赢家？

---

① 底比斯（Theben），又译作忒拜，古希腊城邦，位于雅典之北，
在公元前四世纪曾盛极一时。

每一页都有一场胜利。
是谁煮的庆功宴？
每十年出一个伟人
是谁支付的费用？

如此多的记载
如此多的疑问。

（1939）

恩培多克勒的鞋子

一

当恩培多克勒①，这个阿格里真托人

赢得了同胞的尊敬，

但因年老体衰

他决定去死。

他爱一些人，并被他们所爱

所以不愿当着他们的面死去，宁愿

归于无物。

他邀请他们出游，并非所有人

而是挑选了几个，故意遗漏这位或那位。

使整个活动看上去

拥有一种偶然性。

一行人攀登埃特纳火山。

爬山的劳累

使众人陷入沉默。谁也顾不上听什么

箴言妙语。众人喘着粗气

爬上山，心跳渐渐平复

忙于欣赏景色，欣然于抵达目的地。

他们的老师趁机走开。

众人开口说话时还未注意

有何异常，后来发现

这里或那里少了哪句话，他们环顾四周，寻找老师。

———————

① 生活在公元前五世纪的古希腊哲学家、诗人。出生于今天意大利西西里岛西南海岸的阿格里真托城（Agrigento）。离它不远的海港以这位哲学家命名。

而老师早就绕着山顶走了很久。

他步履从容。偶尔

他停住脚步，听到

山顶后方依稀传来

众人的说话声，说了什么

却已听不清：死亡开始了。

他站在火山口

别过脸，再也不愿知道接下来的事

一切已与他无关，老人缓缓弯腰

小心翼翼脱掉一只鞋子，微笑着扔出

扔到几步开外，这样就不会太快

被发现，又能赶在腐烂前

被发现。安排停当

他登上火山口。朋友们

一边寻他一边下山

之后的几个星期和几个月，他的死亡

渐渐展开，如他所愿。

一些人仍在等他，而另一些人

认定他已死。仍有一些人

提出老问题，等他来解答，另一些人

试图自己求答案。慢慢地，像云朵

在天上消失的过程，没有变化，只是越来越小

当人们不再抬头看天，它便消失在更远的地方，

当人们再度寻找，也许它已和其他云朵混淆。

就这样，他远离了他们习惯的生活，日子重又变得寻常。

传言散播。

人们说，他没有死，因为他是不朽的圣人

被神秘包裹。人们相信

尘世之外还别的力量，能够改变

个别的命运：流言纷飞。

但马上有人发现了他的鞋子，皮革做的

可触摸的，破旧的世俗之物！它是留给

若非亲眼目睹便会相信什么的人。

他的生命这才走到了尽头

一切重新变得自然。他像常人一样死去。

二

又有一些人描述事件的过程

说法不同：恩培多克勒的确

试图为自己争取圣人的荣誉

通过神秘的失踪，机智地

跳进埃特纳山的火山口，以证明一个传奇：

他不属于人类，不受腐烂法则的约束。

之后，他用鞋子

玩了一出落入人们手中的把戏

（有几个人甚至说，火山口也恼怒于

这样的开局，干脆把这个自甘堕落者的鞋子

吐了出来）。但我们最好相信：

倘若他真的未脱下鞋子，他

也只是忘记了我们的愚蠢，没有考虑到，

我们将如何匆忙地

让黑暗变得更加黑暗，宁愿相信矛盾的说法

而不去寻求一个充分的理由。而且那座山

即便没有恼怒于他的轻率，也决不相信

他会欺骗我们，获取圣人的荣誉。

（因为山什么都不信，也不在意我们）

它一如既往地喷火，把鞋扔给我们

就这样，他的门徒们

忙得团团转，预感到一个巨大的秘密

他们发展出更深奥的形而上学，为此殚精竭虑！

突然间，老师的鞋子落到了他们手中，那只有形的，

破旧的，皮革的，尘世之物。

（选自《斯文堡诗集》）

老子出关以及《道德经》的诞生①

一

那年，先生年逾古稀，日渐疲弱
迫切需要安宁
因为善在该国重又变得稀缺
恶的力量再度滋长。
他绑紧鞋带。

二

他收拾行装：
寥寥无几。但总归也有几样。
夜里抽的烟管
常读的一册小书。
白面馒头，粗略估计。

三

见到河谷，老人重又高兴，入得山中
又将河谷忘却。
他的牛儿见了草地，欢喜不已
驮着老翁，嚼着嫩草
对老翁而言，它已走得够快。

---

① 老子出函谷关并在关令尹喜的推动下写成《道德经》的传说最早
应记载于《史记》。布莱希特对《道德经》的兴趣持续一生，他细
读过卫礼贤（Richard Wilhelm）一九一一年出版的德译本，也正是
在这部译作中，他读到关于《道德经》诞生的传说。

四

第四天，在一块巨岩下
有位关令①拦住了他的去路。
"有无贵重物申报？""没有。"
牵牛书童接口："他做过先生。"
如此这般，解释停当。

五

那关令听闻此言，不胜欢喜
又问："他有没有讲出什么道理？"
书童答："天长日久，水滴石穿。
你明白，柔能克刚。"

六

为了不错过最后一缕夕阳
书童赶着牛儿继续向前
他们仨就要消失在一棵黑松树后
突然，我们的关令赶到
他喊道："嘿，你！停下！"

七

"水是什么道理，老伯？"
老人停步："你有兴趣听？"
关令道："我只是区区一名关令
但是，谁赢了谁，这种事我倒也好奇。
如果你知道，就说来听听！

———————
① 指关令尹喜。

八

为我写下来吧！你可以口述给这个小孩！
好东西不能就这样带走。
我们那儿有纸和墨
也少不了一顿晚膳：我就住那里。
你意下如何？"

九

老人低头打量男人：
赤着脚，罩衣缀着补丁
额上只有一道皱纹。
啊，眼前站着的人并非赢家。
老人喃喃道："原来你也？"

十

拒绝一个礼貌的请求
对于老者而言太过古板。
只听他大声说道："提问的人
理应得到回答。"书童道："而且天已转凉。"
"那好，我们稍作停留。"

十一

智叟爬下他的牛儿
一老一少写了整整七天
关令带来食物
（这段日子，他只对那些走私贩
轻骂几句）
七日后大功告成。

十二

翌日早晨，书童交给关令
共八十一章箴言
他们谢过关令的小礼
绕过松树，遁入山林。
你们说说：还有比这更讲究礼仪的吗？

十三

但我们不应仅仅赞美
留名青史的智者！
常人须从智者身上获取智慧。
所以我们也该感谢关令：
是他向智者索要了智慧。

（选自《斯文堡诗集》）

拜访流放的诗人①

在梦中，他走进一个小屋
屋里住着流放的诗人
隔壁是流放教师的小屋
（传出争吵和笑声），只见奥维德
来到门口，用半大嗓门对他说：
"你最好别坐下。你还没死，谁知道你
是否还回去？除了你自己
这世道不会有任何变化。"白居易走了过来
眼神满是安慰，笑着对他说："任何一个
指出不公的人，只须一次，就逃不过严厉的惩罚。"
他的朋友杜甫低声说："你明白，流放
并不意味放弃自己的骄傲。"衣衫褴褛的维庸
凑过来，问了一个更实际的问题："你住的房子有多
少扇门？"但丁把他拉到一边
紧抓他的袖子不放，喃喃道："你的诗句
满是错误，朋友，你得想想
究竟是谁反对你的一切！"只听伏尔泰朝门口喊：
"看好你的钱币，否则他们准会饿死你！"
"还要掺点玩笑！"海涅叫道。"这没用，"
莎士比亚骂骂咧咧，"雅各布上台时，
连我都被禁止写作。"——"等到审判时，
要找一个无赖做你的律师！"欧里庇得斯建议。
"因为他最了解法律的漏洞。"笑声持续

---

① 布莱希特为躲避纳粹追捕，在丹麦避难期间写下这首诗。

这时，从最黑暗的角落传来一声喊："我说，
他们能背诵你的诗吗？能背诵你诗歌的人
能逃过迫害吗？"——"那些人
是被遗忘的人，"但丁轻声说。
"他们的身体被毁灭，作品也会被销毁。"
笑声中断。没人敢朝那边看。刚进屋的那位
脸色已经发白。

（选自《斯文堡诗集》）

致摇摆不定的人

你说：

眼下对我们很不利。

黑暗在增加，力量在减少。

这么多年努力

我们现在却处于

比开始时更困难的境地。

敌人却比任何时候都强大。

他的势力似乎已壮大。他的脸上

有了一种不可战胜的表情。

我们却犯了错误，这已无法否认。

我们的人数在减少。

我们的口号已混乱。我们说过的一些话

被敌人扭曲颠倒，面目全非。

我们的话出了什么错？

是部分错，还是全都错？

还能指望谁？我们这些剩下的人，

是否已被甩离流动的河，还要留下吗？

不再理解任何人，也不再被任何人理解？

得指望运气吗？

你问着这些问题。别期待

别人的回答，除了你自己的回答！

（选自《斯文堡诗集》）

焚 书

当政权下令，将包含有害知识的书籍
公开焚烧，各地的牛都被驱赶着
拉起装满书籍的小车
拉到焚书的柴垛。有位流亡诗人
当今最好的诗人之一，查看焚书的名单
他惊恐地发现，名单漏掉了
他写的书。诗人怒不可遏
匆忙跑回书桌，给当权者写了一封信。
把我的烧掉！他奋笔疾书，烧掉我！
不要这样对我！不要漏掉我！难道我不是
一直在我的书中说出真相吗？而现在
我被你们当作说谎者对待！我命令你们：
烧掉我！

（选自《斯文堡诗集》）

政权的恐惧

一

有位从第三帝国回来的外国旅行者被问到
究竟谁是那里真正的主宰,他答:
是恐惧。

二

怀着恐惧
学者在争论中停顿,脸色苍白地
打量书房的薄墙。老师
彻夜难眠,苦苦思索
监察员扔下的某个黑暗词语。
杂货铺里的老妇人
把颤抖的手指放到唇边,堵住刚要出口的
对劣质面粉的咒骂。医生
惊恐地看着病人颈上的勒痕,父母
惊恐地看着自己的孩子,就像看着叛徒。
就连垂死之人在与亲属永诀时
还要压低气若游丝的声音。

三

但即使褐衫军
也害怕那个手臂不会高举的男人
当有人问候他们一声"早上好"
他们竟会吓一跳。
指挥官们高亢的声音

充满恐惧，就像待宰的
猪仔的喊叫，肥大的屁股
在办公椅上分泌着恐惧的汗滴。
是恐惧驱使他们
闯入住所，在厕所里搜查一通
是恐惧迫使他们
将整个图书馆付之一炬。故而
恐惧不仅掌控了被统治者，也牢牢攫住了
统治者。

四

为什么
他们如此惧怕真话？

五

鉴于这个政权的巨大权力
它的集中营和酷刑室
吃饱喝足的警察
受恐吓或被收买的法官
以及装满整个大楼
一直堆至屋顶的嫌犯名单卡索引
人们有理由认为，何须害怕
普通人的大实话。

六

但他们的第三帝国让人想起
亚述人建造的坚固堡垒，据说
任何军队都无法攻克它。

从它内部大声说出的
一句话，却使它
灰飞烟灭，瞬间坍塌。

（选自《斯文堡诗集》）

对元首的爱

人民对元首的爱无比巨大。
元首所到之处
身穿黑色制服的人总是簇拥着他
他们如此热爱他
目不转睛看着他。
如果元首在咖啡馆坐下
五个巨人① 立即坐到他身旁
让他安心消遣时光。
党卫军对他的爱尤其热烈
竟不舍得与民众分享
他们终日纠缠他，妒忌心
如此强大。有个周末元首约了
几个将军坐游轮玩耍
和他们单独待了一晚上
冲锋队就发生了骚乱，逼得他
把数百人拉去杀掉啦。②

（选自《斯文堡诗集》）

———————

① 此处 Hun（巨人）一词原指匈奴人，在德语里也借指野蛮人，另
蔑指（尤其两次世界大战期间的）德国人。
② 一九三三年六月，希特勒为取得德国国防军的支持，授意希姆莱
和戈林在党内清洗异己分子，枪毙了一百五十名纳粹冲锋队小头目，
从而压制提议用冲锋队替代国防军的冲锋队首脑罗姆，之后希特勒
又将党卫军从冲锋队独立出去，并任命希姆莱为党卫军首脑。

总理的忧虑

一

宣传部长说起民众的困难
他突然中断讲话，悲伤难抑，吼出一声：
我们的总理
有白头发了！

二

总理在收音机里吼叫
听到的人说：他多辛苦啊！
而他们辛苦了一整天
已经没有力气吼叫。

三

所有人都知道：即将来临的战争
让总理夜不成寐
不如总理
好好睡觉，这样
战争就不会来到。

四

邻国
说起我国，都带着轻蔑
糟糕的经济，充斥的暴力
他们大声批判。

据说，总理读外国报纸时
经常会哭。
所以宣传部长要求民众
擦干总理的眼泪。

五

甚至，总理屠杀朋友时
——他的金主要求他这么做
也是一副凝重表情
如果人民没有饭吃
他的胃也会咕咕叫。

六

如果他把国家拖入战争
他肯定会像孩子般哭泣。
如果你们的儿子和丈夫阵亡
他会连声叹气。如果你们又吃上了草
他的眼神将变得严肃。
于是你们会发现
你们拥有这么一个好总理。

（选自《斯文堡诗集》）

关于"移民"的称呼

一直以来我都认为,称我们为"移民"
是一个错误。
它指"移居国外者"。但是我们
并非出于自愿离开和选择某个国家。也并非
移居某国,打算留在那里,也许永远。
我们是一群逃亡者,被驱逐、流放。
收留我们的国度并非家园,而是流亡地。

我们坐卧不安,尽量靠近边境
盼着回归那一天,留意边境另一头
最微小的变化,热切追问
每一个刚抵达的人。铭记一切,决不放弃
也不原谅曾经发生的一切,什么都不原谅。
啊,海峡的沉默并没有骗到我们!我们听见了哭声
从关押他们的营地一直传到这里。而我们自己
也几乎像罪恶的传闻,侥幸
逃过边境。每一个人
都烂衫敝屣,穿过人群,
目睹了玷污我们国家的耻辱。
但没有一个人
会留在此地。最后那句话
还没有说出。

(选自《斯文堡诗集》)

关于流亡的时长

一

不必往墙上钉钉子
把裙子扔到椅子上!
何必搞四天的食物?
明天你就可以回去。

何必给小树浇水!
何必再种上一棵?
等它长高到一级台阶
你就已经离开。

若有人经过,请拉下帽子遮住脸!
何必翻外国语法书?
召唤你回家的消息
是你熟悉的语言所写。

正如屋梁石灰会剥落
(你什么都不用做!)
暴力之墙也会倾塌
它竖在边境上
是为了与公正作对。

二

瞧,墙上那枚被你敲入的钉子!
你觉得,你何时才能回归?

你是否想知道内心深处的意愿？

一天又一天

你为自由而写作

坐在斗室写啊写

你是否想知道，你究竟该如何看待你的工作？

瞧，院角的小栗树

为了浇灌它，你拎去了满满一壶水！

（选自《斯文堡诗集》）

避难地

一支船桨横在屋顶。不大不小的风
卷不走屋顶的茅草。
院子里，孩子们的秋千
已敲入木桩。
邮差一天跑两趟
那个盼信的地方。
海峡有渡船来往。
房子有四扇门可以出逃。

（选自《斯文堡诗集》）

以充分的理由被赶走

我是有钱人家的儿子
我的父母给我脖子上
套了一个装饰衣领，并且让我习惯
被人伺候的生活
他们还教我发号施令的艺术。但是
当我长大，环顾四周
我不喜欢我这个阶层的人
我不喜欢命令人，被他人伺候
于是我离开了我的阶层，加入了
卑微者的队伍。

所以我的父母
养育了一个叛徒，他们教的
看家本事
被他统统出卖给了敌人。

是的，我泄露了他们的秘密。我站在
人民中间，解释着他们如何行骗
我还预言未来会发生的一切
我对他们的计划了然于胸。
被他们收买的神父说的拉丁文
被我一字一句翻译成平常话语，原来
都是些骗人之术。我取下他们
称量公正的天平，给大伙展示
作假的砝码。他们的探子向他们报告

我和一帮策划暴动的失主们
坐在了一起。

他们警告我，从我身上拿走
我的劳动所得。若我没有改过自新
他们就要捉拿我，但是
我的房子里只有文字，揭露他们
针对人民的阴谋。所以
他们发出追捕我的通缉令
指责我的卑贱念头，所谓
卑微者的思想。

无论我走到哪里，在富人们面前
我都带着叛徒的烙印，但穷人们
看到通缉令
为我提供庇护。你，我听见有人对我说
他们把你赶走
理由十分充足。

（选自《斯文堡诗集》）

致后代

一

的确，我生活在昏暗的时代！

天真的话语透着愚蠢。光亮的额头
暗示着迟钝。还在笑的人
只不过还未收到
坏消息。

这究竟是什么时代，甚至
谈论树也形同一场犯罪
因为它包含对诸多恶行的沉默！
安然穿过街道的人
于他落难的朋友
是否已遥不可及？

的确：我还拥有一份生计
但相信我：这纯属偶然。我所行之事
并不能使我拥有饱食的资格。
我不过是侥幸。（当运气用完，
我也将完蛋。）

他们告诉我：吃你的，喝你的！有吃有喝，你该高兴！
但我怎能下咽，倘若
我的食物夺自饥民之口
我喝着杯中水，别人却忍受干渴？

然而我照吃照喝。

我也想成为智者
古书里写着，所谓智慧
即远离世间纷争，悠然度过
尘世的短暂岁月
无须动武
以德报怨
不必达成所愿，而是忘却
这才是明慧之举
可我统统做不到：
的确，我生活在昏暗的时代！

二

混乱时代我走进城市
那里饥馑遍布。
动荡岁月我走进人群
加入他们的反抗。
我就这样度过
尘世的岁月。

我在战斗的间隙吃饭
我在杀人犯中间睡觉
我对爱情漫不经心
我对自然毫无耐心。
我就这样度过
尘世的岁月。

在我的时代，道路通向泥沼
语言将我出卖给屠夫
我能做的很少。但我希望
统治者们觉得没有我，
他们会更安全。
我就这样度过
尘世的岁月

力量如此微弱。目标
仍在遥远的远方，
却清晰可见，即使我
难以抵达。
我就这样度过
尘世的岁月

三

你们，从洪流中涌现
而我们已沉没
当你们说起我们的弱点
请记得你们得以逃脱的
昏暗年代。

我们换国家比换鞋子更勤
穿越一场场阶级战争，绝望于
所到之处只有不公，没有反抗。

然而，我们知道：
对卑鄙的憎恨

会扭曲脸部的线条。
对不公的愤怒
会使声音嘶哑。啊，我们
本想为友善开辟土壤
自己却无法做到。

但是你们，若能抵达
一个互助的时代
请在回忆我们之时
带着宽容的心态。

（选自《斯文堡诗集》）

诗歌的坏时代

我当然知道：快乐的人
才受人喜爱。人们爱听
他的声音。他的脸也好看。

院子里有棵残树
说明土质糟糕，但是
经过的人骂它是个残废
倒也有理。

海湾的绿色小船和调皮的船帆
我全看不见。我只看见
渔夫破烂的网。
为何我只说起
四十岁村妇佝偻着走路？
而女孩们的胸脯
还像从前一样温暖。

我歌里的一个韵脚
如今听来近乎倨傲。

两个声音在我内心争吵
苹果树开花带来的喜悦
和粉刷匠演讲引发的恐惧。
但只有后者驱使我
走向书桌。

（1939）

一位无产者母亲在战争爆发时
对儿子们说的话

你们即将出发，为你们的主子
操办血腥生意，你们前面
是敌人的枪炮，你们背后
是军官的手枪，别忘记我的话：
主子的失败
不是你们的失败。他们的胜利
也并非你们的胜利。

（1939）

关于一个失败者的报道

那个失败者踏上我们的岛屿
一副大功告成的神态。
我几乎相信：看见我们这些
赶来救援的人
他甚至怀有一丝同情。
他一来就忙乎我们的事
用他沉船的经验
教我们驾驶帆船，甚至
教会我们勇敢。当他说起
狂怒的水流，饱含敬畏，也许因为
水征服了像他这样的男人。显然
也因此泄露了诸多诡计。利用这点
他就能把我们这些门徒
训练成更出色的男人。因为怀念某些菜
他改进了我们的烹调技艺。
尽管他对自己很不满意
但也从不忘记对自己和我们的境遇
表达不满。在我们这儿度过的时日里
我们却从未听见他抱怨别人。
他死于旧伤复发。卧病在床
他还为我们试验渔网的新结。所以
他临死还在学习。

（1939）

欧洲堡垒

欧洲是希特勒的堡垒
戈培尔告诉每个小孩
可有谁见过这样的堡垒
敌人不仅在外面
也挤在里面？

（1939）

好人歌

一

如何辨识好人？
好人是一经发现
就能变得更好的人
他们愿意旁人助其变好
人如何变得更聪明？他倾听
别人也愿意说给他听。

二

但同时
好人使关注他们以及
被他们关注的人变得更好。并非因为
助人觅食，或使人清醒，而是因为
我们知道，他们存在并且
改变着世界，这便对我们有益。

三

倘若有人拜访，他们总是在场。
他们依然记得自己
上次见面时的模样
无论他们如何改变
他们总是极易辨识
恰恰因为：他们总在变化。

四

好人就像一幢房屋，我们曾参与建筑
他们不会强迫我们居住
偶尔也不允许我们入住
我们可以随时拜访，以我们最小的尺寸
但必须斟酌带什么礼物。

五

好人善于解释，为何重新找回
扔掉的礼物，他们笑。
倘若我们背离自己，从而
远离了他们，
他们依然可靠。

六

好人犯错时，我们也会笑。因为
当他们把一块石头放错地方
我们观察他们，同时
已经看见了那个正确的地方。
他们每天都吸引我们的目光，观察他们如何
赚取每日的面包
他们也会对身外之事
怀有兴趣和向往。

七

好人使我们忙碌
也许他们无法独立成事
他们给出的答案仍包含任务

在沉船的危急时刻

我们突然发现，他们的目光停留在我们身上。

也许他们并不喜欢我们的模样

但他们同意我们的立场。

（1939）

所罗门之歌

你们见识过智慧的所罗门
也都知道他的下场
他眼中一切都明白如太阳。
他咒骂自己出生的时辰
他看清一切皆是虚荣。
所罗门何等伟大，何等智慧！
看哪，天还未入夜
世人已看见了后果：
智慧让所罗门走得太远
愚者才令人羡慕！

你们见识过大胆的恺撒
也知道他的下场！
他像一尊神端坐在祭坛上
你们知道，他后来被谋杀
恰在如日中天之际。
那时他惊骇地大叫：我的儿子，连你也！
看哪，天还没入夜
世人却已看到后果：
大胆使恺撒落到那一步
谨小慎微者才令人羡慕！

你们知道正直的苏格拉底
他一向爱说真话：
哦，不，他们对他毫不感激

凶狠的统治者将他抓捕

逼他喝下毒药。

人民的伟大儿子多么刚直不阿!

看哪,还没入夜

世人已看见了后果:

正直使苏格拉底落到这般田地!

谁免于正直,才令人羡慕!

此地,你们眼见我们这些规矩人

小心恪守十条戒律

迄今为止毫无益处

请你们这些坐在暖炉旁的人

帮忙减轻我们的苦难!

瞧我们多么正派老实!

你们看,天还没入夜

世人已看见了后果:

对上帝的敬畏使我们落到这般地步——

谁免于敬畏,才令人羡慕!

(1939)

一位临终诗人写给青年的话

你们，未来的年轻人
城市的新曙光，还有你们
尚未出生的一代，请听一听我
一个并不光荣的死者的声音。

就像
农夫荒废了田地，
木匠偷懒丢下了
敞着大口的屋顶。

我就这样
浪费了我的时间，挥霍了我的日子，如今我
不得不请求你们
说出所有未吐之言
完成所有未竟之事，并且
请你们尽快将我忘记，以免
受到我的坏影响。

唉，为何我坐在
不事生产者的桌边，吃着
并非他们准备的饭菜？

唉，为什么
我把自己最好的话语
掺和进他们的闲扯？而外面

未知的人群

渴求着教导。

唉，为什么

我的歌声不是从供养城市的地方升起

在工人们建造船只的地方，为什么

我的歌声不是从飞速行驶的

火车上升起，像烟

留在天空？

因为我的言语

对于有用者和建设者

就像口中的灰烬和酒后的结巴。

我不知道任何一句

说给未来世代的忠告

我犹豫的手指

给不出任何明示

自己没有走过

又如何为你们指路！

我是这么一个

虚度了生命的人

如今只剩一个请求，我请求你们

无须听从任何

从我们懒惰的嘴里吐出的告诫，无须遵循任何

来自无用之徒的建议，

你们只须自行决定，

什么对你们有益，什么能帮助你们

耕种我们荒废的土地，
重建被我们污染的城市
将它们变为宜居之地。

（1939）

问题与回答

"是否真相易死，谎言永生？"
　　——"我正想这么说。"
"你在何处看见不公蔓延？"
"此地。"
"难道有谁认识暴力的获利者？"
"谁不认识呢？"
"这样的世道，谁能推翻压迫者？"
"你们。"

（1939）

我要和我爱的人儿走

我要和我爱的人儿走。
不会计较代价几何。
不愿斟酌结局如何。
也不在乎他爱不爱我。
我要和我爱的人儿走。

（1939）

赞美怀疑

赞美怀疑！我建议你们
愉快并恭敬地问候那些
把你们的话当作坏硬币检验的人！
愿你们拥有自知之明，请勿
把话说得太满。

去读读历史，看看
无敌大军仓皇逃窜。
坚不可摧的堡垒
坍塌四散
出征的无敌舰队浩浩荡荡
返回的船只
屈指可数。

终有人登上不可攀登的高山
终有一艘船
抵达无边大海的另一端。

哦，对毋庸置疑的真理摇摇头
干得漂亮！
哦，医生为病入膏肓的人治疗
勇气可嘉！

但最美的怀疑
是绝望的弱者抬起头颅

再也不信

压迫者的威力！

哦，费尽心血得出的定理

背后可知有多少牺牲！

如此这般，而非那样

绝非轻易就能看出其中奥义！

终于有一天，有人松口气，把它写进知识的笔记本。

也许这一定理将在本子里驻留，一代又一代

与它共处，视之为永恒智慧

懂它的人鄙视不懂它的人。

然后新的经验

使它突然面目可疑。怀疑升起。

终于有一天，有人打开笔记本

小心地将它划去。

被命令的咆哮包围，

被大胡子医生查验，是否能上前线

被闪亮的金质徽章考验

被庄严的神父劝诫，把上帝亲自写的书推至面前

被不耐烦的校长训话，可怜人站在那里，

听见这世界是最好的世界，而他房顶上的洞

也是上帝的安排。

真的，他很难

怀疑这个世界。

男人弓着腰，汗流浃背，他造的房子自己住不了

但为自己造房的男人也在挥洒汗水。

总有不爱思考的人，他们从不怀疑。
他们拥有强大的消化力，断事从不出错。
他们不相信事实，只相信自己。紧急时刻
事实就必须相信他们。他们对待自己
总有无限耐心。而对于论据
他们会用告密者的耳朵倾听。

不爱思考、从不怀疑的人碰到
喜爱斟酌、从不行动的人。
后者怀疑，不是为了做出决定，而是为了
避免决定。他们的头颅
只用来摇晃。他们忧心忡忡
看着下沉的船，提醒船上人当心水。
在杀人犯的斧头下
他们还在思考，杀手是否也是人。
事情还没调查清楚——
他们喃喃自语爬上床。
他们唯一的行动是左右摇摆。
他们最喜欢的话语是"时机未到"。

当然，如果你赞美怀疑
请不要赞美
绝望！

光是怀疑有什么用
对于无法下定决心的人！
假如理由不足
行动可能出错
身处险境，却无所行动

则是理由需要得太多。

你是一个领导者，不要忘记
你之所以成为领袖是因为敢于对领袖质疑。
所以请允许被领导者拥有
怀疑的权利！

（1939）

少年的坏时代

我的小儿子本该与同龄人
在树林里玩耍，他却埋首书本
最喜欢读那些
富人们的骗术
将军们的屠戮。
当他读到，我国法律
禁止穷人和富人在桥下睡觉
我听见他快乐地大笑。
当他发现，某书作者被收买
他年轻的额头闪闪发亮。我允许他读这些
但我原本希望，我能给他
一种少年时光，让他能够
和同龄人在树林里嬉闹。

（1939）

关于幸运

谁想逃离，得靠运气。
少了运气
没人能逃过寒冷
饥饿，甚至人群。

运气乃助力。

我向来运气不错。因此
我还活在这世上。
但是看看来日，我不禁担心，
还得依赖多少运气。

运气乃助力。

强者是那些幸运的人
出色的斗士和智慧的教师
皆由运气成就。

运气乃助力。

（1939）

大胆妈妈之歌

上尉，请命令鼓声停歇
让你的步兵停下脚步：
大胆妈妈带来了鞋子
穿着它可以走得更顺。
带上虱群和牲口
大炮和车队——
向着死亡行军
士兵得穿上好鞋。
春天来了。醒来吧，基督徒！
雪在融化。死者已安息。
尚未死亡的
准备上路。

上尉，你的士兵若吃不上香肠
就不会为你赴死沙场
让大胆妈妈先用美酒
治好他们身体和心灵的苦恼。
空着肚子拉大炮
上尉，那不利于健康。
士兵填饱了肚子，我得到了我那份幸运
你就能将他们领到地狱入口。
春天来了。醒来吧，基督徒！
雪已融化。死者已安息。
尚未死亡的
准备上路。

有些人想拥有某些东西
却根本无法得到；
想给自己搞一个栖身之所
却早早给自己掘了一个坟墓。
我见过不少人急急忙忙
奔向休憩之地
等他们躺了进去，也许会问自己
为何要如此匆忙。
春天来了。醒来吧，基督徒！
雪已融化。死者已安息。
尚未死亡的
准备上路。

从乌尔姆到梅斯，从梅斯到摩拉维亚！
大胆妈妈一直都在场！
战争会养活它的男人
它需要的只是火药和子弹
它不能只靠子弹过活
也不能单靠火药，它也需要人！
你们必须加入军团
否则战争就会消亡！所以今天就来加入吧！
春天来了。醒来吧，基督徒！
雪已融化。死者已安息。
尚未死亡的
准备上路。

伴着运气，携着危险
战争没完没了：
战争持续百年

卑贱之人不会受益。

他的食物是泥土，他的大衣是破布！

团里偷走他一半的军饷。

但也许奇迹还会发生：

战役还没有结束！

春天来了。醒来吧，基督徒！

雪已融化。死者已安息。

尚未死亡的

准备上路。

（1939，摘自戏剧《大胆妈妈和她的孩子们》）

一九四〇[①]

一

春天来临。轻柔的风
融化岩礁的冰雪。
北方民族颤抖着等待
粉刷匠的战舰队。

二

从图书室
走出了一群屠夫。

母亲们站立着，拉紧身边的孩子
呆呆地在天上搜寻
学者们的发明。

三

规划师们弯着腰
守在绘图室：
错误的数字和敌人的城市
完好无损。

四

浓雾笼罩

---

① 一九四〇年四月至一九四一年五月，布莱希特在芬兰避难，同行的除了妻子海伦娜·魏格尔和两个孩子，还有露特·贝劳（Ruth Berlau）和玛格丽特·斯黛芬。

道路

杨树

农庄，还有

大炮。

五

我在利丁厄小岛。

但是最近夜里

我总做噩梦，梦见城里

街道的路牌

全写着德语。我大汗淋漓

惊醒，瞥见窗前黑黝黝的松树

如释重负，明白过来：

我在异国他乡。

六

我的小儿子问我：我该学数学吗？

我想问他，为何要学。两块面包比一块多

你不学也知道。

我的小儿子问我：我该学英语吗？

我想说，为何要学。帝国在坠落

你用手摸摸肚子，呻吟几声

他们就会明白你的意思。

我的小儿子问我：我该学历史吗？

我想说，为何要学？

只要学会把头埋进土里

也许你就能幸存。

是的！要学数学，我说，要学英语
是的，要学历史！

七

一面刷白的墙壁前
竖着一个黑色军用行李箱，箱子里装着手稿。
箱子上放着烟具和铜制烟灰缸。
墙上挂着一幅画着怀疑者的中国卷轴。①
几个面具。床头
一个小型六灯收音机。
早晨
我会拧开开关，听一听
仇敌们的胜利消息。

八

我在逃离同胞的途中
已抵达芬兰。朋友——
昨天我还不认识的人，把几张床
放进收拾干净的房间。我用收音机
收听渣滓们的胜利消息。我好奇地
看了看欧洲地图。发现拉普兰最上面
靠近北冰洋的地方
还留着一扇小门。

（1940，选自《斯黛芬集》）

―――――――
① 参《怀疑者》。

致一台小收音机

小匣子，我在逃亡途中带着你
你的灯就不会打碎
我把你从屋里带到船上，从船上带进火车
我的敌人们就能继续对我讲话

在我的夜宿地，对着我的苦痛
你为我通报夜里最后的和清晨最早的消息
关于他们的胜利和我的艰辛。
答应我，千万别突然变成哑巴！

（1940，选自《斯黛芬集》）

烟　斗

逃向边境，我把书籍
留给了我的朋友，于是我逃离了诗
但我带上了烟斗，这违反了
逃亡者的第三条规则：一无所有！

书籍并没有多少意义，对于一个
随时等着被抓的人。
小皮袋和旧烟斗，从今往后
能为我做更多。

（1940，选自《斯黛芬集》）

芬兰的风景

鱼群涌动的水域，丰茂的森林！
白桦和浆果的香气！
多彩的林间气息浮动
如此温润，像铁皮牛奶桶
从白色农庄滚出，敞开一路！
气味、声音、图景和感觉渐渐朦胧。
逃亡者坐在赤杨树下，重拾一门
困难手艺：希望术。

他看见整齐堆放的麦垛
强壮的牲口低头去够水面
也看见另一些动物得不到谷物和牛奶
他询问运送树干的船夫：
缺了这种木料，是否做不成木腿？
却发现一个民族在两种语言中沉默。

（1940，选自《斯黛芬集》）

我们喝葡萄酒的时候

我们喝葡萄酒的时候

我们的芬兰朋友说起

战争如何毁掉了她的樱桃园。

我们喝的这瓶酒，她说，就产自那里。

我们喝干了酒杯，为了纪念

被毁掉的樱桃园，也为了缅怀

理性。

（1940）

如今我们是芬兰的难民

如今我们是芬兰的难民
我的小女儿傍晚回家时骂骂咧咧，没有小孩愿意
和她一起玩。她是德国人，来自
一个强盗民族

如果我在电灯下大声说话
将被示意保持安静。这里的人不喜欢
来自强盗民族的人
大声说话。

当我提醒小女儿
德国人是强盗民族
不受欢迎，她听了和我一样高兴
于是我俩大笑起来。

（1940）

这一年

这将是被谈论的一年。
这将是讳莫如深的一年。

老人看着年轻人死去。
蠢人看着聪明人死去。

大地不再孕育，只吞噬。
天空不再下雨，只下铁。

（1940）

一位母亲给她远方孩子们的信

孩子们，还记得从前
你们坐在我的膝上
读着即将到来的大战
在经典著作的指令里
在许多次的演练中。现在
大战已经来临。

你们坐在我膝上的时光
一去不返，那时你们
提着问题，思索着答案
时而争论，时而统一。
如今你们却要独自
奔赴战争。

你，读了很多
而你，只薄薄几页
你，经历丰富
而你，所知寥寥。
无论多少
如今对你们都已足够。
怎样才能传话给你们？

街道如此喧嚣
即使能传话
我又如何知道你们每个的所需？

每一个都身处不同的险境。

我对你们的提醒
针对一切你们听到的说辞
如今每个人都只提
有助于胜利的事
而他往往不知道
什么才能制胜。

坦克保护脆弱的身体
演讲的烟雾
也会遮挡人。

恶
总是亮出堂皇的理由
善
却被编排恶劣的动机。

你们被人民招募
去为将军服务
回首为自由而战的征途
你们看到银行家在挥手。

有人喊："为了自由！"
但请仔细看：说这话的人
是个屠夫。
有人喊："快救遇袭者！"
但请仔细看：说这话的人
是自古以来的

压迫者。

大坝在春天呐喊：
河流在使用暴力！
河水回答：那么你
一年四季使用什么？

你们会听到：大人物
扑向小人物！
但请仔细观察：巨人鞋底下
有条小蛇扭动。

渔夫喊：大房子里的人
占了我小船的泊位！
大房子里的人说：你得补充说明
因为有老鼠！

一个人说的事，另一个人也会说
说的却不尽相同。
好人会陷入困境
强盗也会途穷！

（1940）

断　绳

绳子断了，仍可以重新打结
它仍能捆扎，但是它
已经断裂。

也许我们会再度相遇，但在
你离开我的那个地方
你不会再见到我。

（1940）

我很早就学会

我很早就学会迅速切换
走过的土地，呼吸的空气
我轻松就能离开，但我仍发现
别的人总想带走太多。
　　请轻装离开你的船，轻轻离开
　　若有人建议你去往内陆
　　也要轻装离开你的船。

保留太多，你就不会快乐
带走许多人都不要的东西，你同样不会高兴
聪明点，只须带上自己的脑瓜
要学会边走边打点行装。

（1940）

广　播

我每天收听好几次
广播里的战争新闻
以确认自己还活在世上。
同样，回家的水手请他年迈的母亲
用水桶洒水
一直洒到他入睡。

（1940）

台 风

一

在逃离粉刷匠，去往美国的途中
我们突然发现，我们的小船纹丝不动。
一夜又连着一天
它停泊在中国海的吕宋岛
有人说，因为北方台风来袭
另一些人则担心德国海盗船。
所有人
都宁愿是台风，而不是德国人。

二

逃离 A.① 的途中
我把我的同胞留在了德国
把书留在了瑞典
把共事的朋友留在了俄国
我该逃向何处？
谁可以教我？
我该如何工作？

---

① A. 此处指阿道夫·希特勒（Adolf Hitler）。

废　墟

那个木匣子还在，里头放构思剧本用的纸条
这是巴伐利亚产刀具，小讲台也还在
这墙上是黑板，那是些木制面具
这是一台小收音机，还有军用旅行箱
这是答案，提问者已不在
花园的上空高悬着
斯黛芬的额头

（1941）

损失者名单

逃离一艘即将沉没的船，登上一艘正在下沉的船。

新的船还未出现——我在一张小纸条上

写下了一些名字，

他们已不在我周围。

来自工人阶级的小老师

玛格丽特·斯黛芬：死在上课途中

逃亡生涯使她身心耗竭

这个聪明女人久病不治。

我的对手也是这样离开了我

博学而求新的

瓦尔特·本雅明。在无法跨越的边界

厌倦了逃亡，他躺下之后

再也没有醒来。

坚强热忱的

辩论大师**卡尔·科赫**

在臭气熏天的罗马自杀，骗过了

闯入住所的党卫军。

我也没再听到

画家**卡斯帕·内尔**的消息。

但愿我至少可以把他从这份名单上划去！

死亡带走了一些人。另一些人

因生计所迫，或追逐奢侈

也离我而去。

（1941）

纪念我的小老师

纪念她的眼睛，愤怒的蓝色火焰
纪念她的旧大衣，宽帽兜
宽下摆，我把猎户座
命名为斯黛芬星座
当我仰望夜空，一边看一边摇头
似乎听见了轻轻的咳嗽。

（1941）

加利福尼亚的秋天

一

我的花园
只有一些常绿植物。倘若我想看看秋天
就开车去朋友的山间别墅。那里
我会站上五分钟,看一株
掉光树叶的树,再看看落叶。

二

我看见一大片秋叶,被风卷起
沿街飘荡,我想:多难啊
要算出它未来的道路!

(1941)

在我的同事 M.S.^① 离世后

小老师，自从你死后
我总是走来走去，茫然无措
在一个灰色世界里，暗自心惊
像一个被解雇的人，无所事事。

我被禁止
进入工厂，正如
所有异乡人的遭遇

如今，在不寻常的时辰
我才能看见街道、公园、草地，因而
我几乎不再认识它们。

故乡
已回不去：我羞愧于
被放逐
而且是在不幸中。

（1941）

---

① M.S. 指玛格丽特·斯黛芬。

致瓦尔特·本雅明
他在逃离希特勒的途中自尽

你坐在梨树荫下的棋桌旁
钟情于疲劳战术
把你从书籍边赶走的敌人
却不会被我们这样的人拖垮。

（1941）

关于难民瓦尔特·本雅明的自杀

我听说，你抬手对准自己
在屠夫赶来前作了了断
流亡八年，目睹敌人的壮大
你被逼到无法逾越的边境
据说，你已跨过了界线。

帝国已崩塌。黑帮头子们
像元首政要般昂首阔步。人民
消失在甲胄之海。
未来陷入昏暗，而善的力量
如此微弱。你目睹了这一切，
在销毁你可堪折磨的肉体之前。

（1941）

流亡的十四行诗

被赶出自己的国家，我得瞧瞧
如何找到一家新铺子，一个小酒肆
兜售我的想法
我不得不走上老路。

道路被绝望者的脚步磨平！
我走啊走，却茫然无助
无论在哪里，我都听见一句：拼出你的名字！[①]
哦，这"名字"属于那些大人物！

倘若他们不认识我的名字
我倒应该高兴
像一个被通缉的人般庆幸。
他们才不会期盼我的工作。
我曾和这类人打过交道
在那怀疑滋长的地方
所以我也不想把他们服务得太好。

（1941）

---

① 原文此处为英文：Spell your name!

好莱坞哀歌

一

好莱坞的规划
源自当地人对天堂的想象。此地
有人猜测，上帝想要的
天堂和地狱
不必分开，只须设计
天堂。它将充当
赤贫者和失败者的
地狱。

二

海边矗立油塔。峡谷中
淘金者双腿泡得发白。他们的儿子
建造了好莱坞梦工厂。
此地四座城
充斥着电影散发的
石油气味。

三

洛杉矶的天使们
厌倦了微笑。傍晚
在水果市场后面，他们
绝望地购买装着性欲的
小玻璃帽。[1]

---

[1] 此处的"小玻璃帽"，原文是小玻璃瓶，隐喻当时流行的玻璃制作的子宫帽（避孕帽）。

四

在绿色胡椒树下
音乐家和作家，成双成对地
拉客营业。巴赫的口袋里
揣着四重奏乐谱。但丁晃动着他
瘦削的屁股。

这座城市以天使命名
你在任何地方都能见到它们。
身上冒着汽油味，戴着金黄子宫帽
每天早晨，天使顶着两个蓝眼圈
在泳池里给作家喂食。

每天早上，为了赚取面包
我赶往谎言市场。
满怀希望
加入卖家的行列。

好莱坞使我领教
天堂和地狱
是同一座城：对于穷人而言
天堂就是地狱。

山上发现了黄金
海岸发现了石油。
更多财富带来幸福梦想
在此地被写在赛璐珞上。

战斗机在四座城上空盘旋
飞行员在执行高空防御的任务
不让贪婪和苦难的臭味
传到他们身上。

（1942）

一九四二年的夏

一天又一天，我看着
花园里的无花果树
红光满面的谎言贩子
角落桌上的棋子
还有报纸上
同盟① 屠杀的消息。

（1942）

---

① "同盟"（Union）影射《苏德互不侵犯条约》所造成的事实同盟。
一九四二年夏天，德军向苏联发起夏季攻势。

一次又一次

一次又一次
当我穿行在他们的城市
寻觅生计，我总是听到：
来，看看你拥有什么
放到桌上！
交货！

来，说些让我们兴奋的话！
说说我们的伟大！
猜猜我们隐秘的欲望！
为我们指点出路
让自己派点用场
交货！

与我们站在一起，你就可以
超越我们！

证明你是我们中的一员，我们将
称赞你为最出色的一个
我们付得起，我们有得是钱
除了我们，没有人能做到
交货！

征服我们，就得为我们效劳！
许诺我们长久，你才能长久！

参与我们的游戏，有福同享！

交货！要对我们诚实！

交货！

当我看着他们腐烂的脸，

我不再感到饥饿。

（1942）

德国母亲之歌

儿子，当初我送你这双靴
还有这件褐色衬衣 [1]
我若能料到今日
宁愿吊死自己。

儿子，我看见你的手
高高举起，向希特勒行礼
我却不知，向他敬礼的人
手注定枯萎。

儿子，我看见你走在队伍里
跟在希特勒身后
却不知，随他出征的人
永远不会回归。

我看着你穿上褐色衬衫
当初并没有反对
因为我不知道
它会成为你今天的裹尸衣。

（1942）

---

① 褐色衬衣，诗里有暗示纳粹冲锋队"褐衫军"之意。

无论你叫什么名字

无论你叫什么名字
从谁那里来
无论你怀着何种希望
曾在何处生活
你的墓地
都不应该
在德国。

（1942 / 1943）

时代变化

时代变化，当权者的伟业
总会走到尽头。即使他们
像淌血的公鸡杀气腾腾
时代变化，暴力也无济于事。
石头在伏尔塔瓦河底流浪。
布拉格地下躺着三个皇上。
大人物不会一直伟大，小人物不会永远渺小。
夜有十二个钟头，之后白天就来报到。

（1943）

流亡的风景

即使在最后一艘船上
我也仍能看见帆具上晨曦的欣悦
海豚灰色的身体
从日本海的水面跃出。

镀金的小马车
淑女贵妇的粉色臂纱
在马尼拉的小巷里
逃亡者也高兴地驻足。

洛杉矶的油塔和干渴的花园
傍晚加利福尼亚的峡谷，还有水果市场
并没有让不幸消息的通报者
无动于衷。

（1943）

钓 具

在我房间里，粉刷过的那面墙上
挂着一根短竹竿，绳子缠绕着
还带一个铁钩，为了
把渔网拽到岸上。这根竹竿
来自市中心一家旧货店，是儿子送给我的
生日礼物。它已磨损。
咸水浸泡，铁钩的锈早已渗入麻绳
使用和劳作的痕迹
赋予它巨大的尊严。我
喜欢想象这根钓具
是那些日本渔夫留下的
如今，他们被当作可疑的外国人
从西海岸驱赶至集中营①。它来到我这里，
是为了让我记得某些
未曾解决，但并非无法解决的
人类问题。

（1943）

---

① 一九四二年，即日军偷袭珍珠港后不久，美国政府下令将十万多
在美日本人赶进西部的集中营。

难堪的事件 [1]

当我心中一位伟大的神迎来万年诞辰

我带上一众朋友和学生赶赴庆典

他们在他面前载歌载舞，朗诵纪念篇章。

场面令人动容。庆典渐近尾声。

众所拥戴的神踏上艺术家的讲坛

当着我那些汗流浃背的朋友和学生

高声宣布

他体验了顿悟，如今他已

皈依宗教，他慌里慌张地

抓过一顶虫蛀斑斑的教士帽，艰难地戴到头上

突然极不得体地跪倒，毫无羞耻地

唱起一首粗劣的赞美诗，他就这样

伤害了听众的非宗教情感，在他们当中

不乏年轻人。

　　　　三天来

我不敢面对

我的朋友和学生

因为我

惭愧难当。

（1943）

――――――

[1] 一九四三年，以小说《柏林，亚历山大广场》闻名的德国作家阿尔弗雷德·德布林在流亡美国期间迎来六十五岁生日，托马斯·曼、布莱希特等友人为他在加利福尼亚圣莫尼卡市举办了生日庆典。席间，身为犹太人且以无神论者自居的德布林突然宣布已信奉天主教，并已受洗，场面一度尴尬。布莱希特一直把德布林看作同一阵营的战友和作家的杰出榜样，听闻此言大受刺激，回家后写下此诗。

露　特[1]

黑暗岁月
笼罩另一座城池
但脚步依然轻快
额头依然光洁。

心肠冷酷的人类，无动于衷
与久贮的冻鱼并无分别。
可是心啊，依然跳得飞快
笑容也还是那么温软。

（1943）

---

[1] 又名：黑暗岁月。露特指露特·贝劳（1906-1974），丹麦演员、导演、摄影师和作家，布莱希特的合作者之一，与布莱希特有过一段恋情。

工作室

你的铜制物件。
（墙上挂着的）孔夫子像
浅色桌
手稿柜
小讲台
锡盆

你明明在此地，却已不见。

（1943）

志愿看守

凭着文学作品
我赢得了若干自告奋勇的看守
在这个商业城，负责监视我。

昂贵的房子，异国情调的房子
都不许我进入。我想见某些人，
就得证明自己的营生。在家宴请
是被禁止的。当我想买一张工艺精美的桌子
准会听到一阵嘲笑。如果我想买一条长裤
他们就会说：你不是已经有了一条？

在这座城里，他们如此费心监视我
为了能道出，他们认识一个
不出卖自己的人。

（1943）

新时代

新时代并非突然开启。
我的祖父生活在新时代
我的孙子也许将生活在旧时代。

用旧叉子吃新肉。

新时代并非无人驾驶汽车
或坦克
也不是我们屋顶上的飞机
或轰炸机。

新天线带来旧愚蠢。
智慧口口相传。

（1943）

天亮了

每一个新日子的来临
都由公鸡通报
这并非徒劳
它揭示了自古以来的
一种背叛。

（1943）

戏已收尾

戏已收尾，演出结束。剧院

在慢慢清场，像一截松弛的大肠。更衣室

速成表情和陈词滥调的推销高手们

正忙着擦汗、卸妆。终于

照亮蹩脚戏的灯光

熄灭了，昏暗中美丽的虚无

留给了备受蹂躏的舞台。在空旷的

臭味还未散尽的观众席坐着一位优秀的剧作家

他仍不知满足，努力回忆着

刚才发生的一切。

（1943 / 1944）

《流亡时期的诗》①

并非清白的读物

在战争年代的日记里
诗人纪德提到一棵巨大的悬铃木
伟岸的躯干让他赞叹不绝，它还有
繁茂的枝杈，一种平衡
在最粗壮的枝干间达成。

在遥远的加利福尼亚
我读着这则日记，摇摇头。
民众在流血死亡。没有一项自然的计划
能预设一种幸福的平衡。

（选自《流亡时期的诗》）

---

① 《流亡时期的诗》（*Gedichte im Exil*）是布莱希特出版于一九四四年十二月的一本诗集，记录了他在流亡时期几个重要阶段的个人感受和经历。

听说有个强权政治家生病了

倘若那个不可或缺的男人咳嗽
三个帝国都将随之摇晃。
倘若那个不可或缺的男人死了
世界会像没奶的娘，四顾张皇。
倘若不可或缺的男人死后七天又回来
整个国家他连门房的工作都找不到。

（选自《流亡时期的诗》）

边煮茶边读报

清早我读报，上面刊登着
教皇、国王、银行家和石油大亨的划时代宏图。
我的另一只眼睛盯着茶壶
看它如何起雾，开始冒泡，重又变清。
溢出的茶水把火灭掉。

（选自《流亡时期的诗》）

恶魔的面具

我的墙上挂着一个日本木雕
金漆描画的恶魔面具。
我满怀同情地看着它
额头上暴突的青筋，说明
做坏人有多辛苦。

（选自《流亡时期的诗》）

德意志悲歌

在一个美好的日子里，上级命令我们
为他们占领但泽小城。
我们驾驶坦克和轰炸机闯进波兰
三个星期就大功告成。
上帝保佑我们。

在一个美好的日子里，上级命令我们
为他们征服更美丽的法国。
我们驾驶坦克和轰炸机长驱直入
在五个星期内征服了法国。
上帝保佑我们。

在一个美好的日子里，上级命令我们
为他们征服辽阔的俄罗斯。
我们驾驶坦克和轰炸机开进俄罗斯
为了活命，两年来苦苦战斗。
上帝保佑我们。

总有一天，上级还会命令我们
征服深海和月球。
对付俄罗斯就已困难重重
敌人强悍，冬季严寒，归途茫茫！
上帝保佑我们，带领我们重归家乡。

（选自《流亡时期的诗》）

354

我，幸存者

我当然知道：仅靠运气
我才在这么多朋友中幸存。但昨夜梦中
我听见我的这些朋友说："强者生存"
于是，我恨我自己。

（选自《流亡时期的诗》）

归　来

怎样才能找到我的父城？
我跟随成群的轰炸机
踏上归家路
何处是父城？在熊熊燃烧的
烟雾山里，
在火焰的中心
它就在那里。

我的父城将如何接待我？
轰炸机在我面前穿梭。致命的机群
在告知你们，我已回归。冲天的火光
先于儿子报到。

（选自《流亡时期的诗》）

战争被亵渎了

我听说，上流圈子的人在议论
第二次世界大战在道德方面
不及第一次大战。德国国防军
对党卫军灭绝某些民族的手段
表示遗憾。据说鲁尔船长①
谴责血腥的驱逐，但这恰恰
给他们的矿场和工厂带去大量奴工。我听说知识分子
谴责工厂主对奴工的需求
以及虐待奴工的行径。甚至主教们
也鄙夷以这种方式发动战争。简而言之
现在满世界都是这种看法，即纳粹给他们
帮了倒忙，而战争本身
是自然且必要的，只是以这种
极其出格且太不人道的方式
发动这场战争，才使它蒙受了
长久的耻辱。

（选自《流亡时期的诗》）

---

① "鲁尔船长"指"二战"中运输强制劳工并从中牟利的人。

将来，当我躺在墓园里

将来，当我躺在墓园里
最亲爱的人带给我一把泥土
说：这里安息着一双脚，曾向我走来
这里安息着一双手臂，常将我拥抱。

（1944）

丧

不要去想未来：倘若没有运气
你就得长久恐惧。
看在上帝分上，也不要回忆。
回忆就是后悔。
你最好日复一日坐着
像你椅子上的一个麻袋
你最好在夜里像一块石头
躺在泥沼里一动不动。
有饭吃了：就张开嘴！
有觉睡了：就闭上眼！
如果你坐在马上，那匹老马会拉你；
它肯定还能派上用场。

（1944）

请穿上一条宽大的长裙①

请穿上一条乡村风的宽裙
让我扑向长长的裙摆，不怀好意：
从下方把裙子高高掀起
露出大腿和屁股，震撼无比。

当你坐在我们的矮沙发上
你要让裙子倾滑，在它的阴影中

透过辩论的烟雾
你的肉体提醒我良宵未度。

但并非只是低级的欲望
才使我呼唤这样一条裙子：
你穿着它步态优美，像从前穿过科尔基斯②的小巷
美狄亚提着篮子走向海边。——
若我想不出别的理由：
也请选择这样一条裙子！低级的理由就已足够。

（1944）

---

① 这首诗是布莱希特写给妻子海伦娜·魏格尔的。
② 格鲁吉亚西部一个地区，曾是一个王国，也是美狄亚（Medea）
的家乡。

喜剧演员卓别林的一部电影

一个秋雨绵绵的夜晚

圣米歇尔大道上的一家小酒馆里

走进一位年轻的画家

喝下四五杯绿色烧酒，他对着一帮

百无聊赖的桌球客，说起一段意外重逢

与过去的情人，一个温柔女子

现在是有钱屠夫的妻。

"快，先生们，"他恳求道，"把你们

做记号的粉笔拿给我！"他跪在地上

颤抖的手试图画出女人的模样

她，往昔的情人，他绝望地

擦去线条，从头开始

再一次犯难，踌躇着，添上几笔

喃喃自语："昨天我还清楚她的模样。"

来往客人骂骂咧咧，绊在他身上，老板

火冒三丈，揪着衣领把他扔到外面，人行道上

他仍不肯停歇，摇着头，用粉笔追赶着

四处流散的线条。

（1944）

关于一场百年战争的报道

这场战争不再像一次地震
也不再像一场台风，它更像
一次日出。他们就像烤面包一样
发动战争。

潮起潮落
死亡之鸟飞上天空。每个人
都在等待它们。就像从前的疯海
吞噬我们赖以生存的陋船，
它们在阻挡装甲战舰
进入我们的海港。

（1944）

作家感到被朋友出卖了

恰如

母亲跟陌生男人跑掉时孩子的感受

木匠头晕时的感受。衰老的标志。

模特再也不来了，画作还没完成，画家的感受。

做了一组实验，发现错误出在最前面，物理学家的感受。

飞入山区，油压下降，飞行员的感受。

醉酒的飞行员驾驶时飞机的感受，倘若它也有感觉。

（1945）

漂亮的叉子

那把有漂亮兽角柄的叉子断了
我忽然想到，在它的深处
必定始终存在一个错误。我竭力唤醒
我的记忆，试图唤回
对完美之物的喜悦。

（1945）

曾　经

活在寒冷里曾经美妙无比
冷冽的新鲜，时时刺激
苦涩的也甘之如饴，就好像
挑剔的我盘旋久
黑暗便邀我入席。

我从冷泉里汲取快乐
虚空造就了这广阔。
从自然的暗黑
析出珍贵的光。可曾长久？一闪而过。
但是朋友，我是快的那个。

（1945）

爱情课

但是女孩，我建议你
尖叫里加一点诱惑：
我充满肉欲地爱着灵魂
也情意绵绵地爱着肉体。

贞洁不会减弱快感
饥渴的我更渴望饱餐。
我喜欢美德拥有屁股
屁股也拥有美德。

自从上帝骑过天鹅
有个女孩暗暗心忧
她宁愿承受：
上帝执着于天鹅的挽歌。[1]

（1945）

---

[1] 此处引用了希腊神话"丽达与天鹅"的情节。

剧院，幻梦之地

许多人认为，剧院是一个
制造幻梦的地方。演员是
推销麻醉品的人。在灯光昏暗的房子里
化身为国王，不必冒险
就行英雄事。满怀兴奋
自我期待，抑或抱着对自己的同情
坐在场内快乐地消遣，浑然忘却了
日常生活的艰难，成为一名逃离者。
为了打动我们，你们用行家之手
混合各色寓言，也挪用
现实事件。显然，当有人
半途入场，耳边仍有车水马龙的噪声
脑子也还清醒，他就很难认出
台上的世界是他刚刚离开的那一个。
即使最后走出你们的剧院，他发现自己
又变回那个卑微的人，不再是什么国王
世界又变了模样，他会对现实生活
感到不适。
当然，许多人认为剧院是无辜的。我们卑微
而单调的生活——他们说，需要梦想。
倘若没有梦想，
我们又怎堪忍受这一切？如此一来，演员们，
你们的剧院
就变成了一个让人们学会忍受
卑微而单调的地方，并使他们放弃了

伟大的行动，甚至放弃了对自己的
怜悯。而你们展示的
是一个虚假世界，随意混合
如同梦境，一个被心愿改变
或被恐惧扭曲的世界，可悲的
骗子们。

（1945）

看，那轻而易举的

看，汹涌大河
轻松地撕碎堤坝
看，地震抬手
慵懒地撼动地面。
看，熊熊大火
优雅地吐出火舌，对着拥挤的楼群
快意饕餮
一位老练的食客。

（1945）

启程之乐！

喜欢新的开始！哦，清晨时光！
第一棵草，假如你快忘记
绿的模样！第一页书
期待被阅读，藏着惊喜！读吧
慢悠悠地读，你会发现，还没读的部分
在迅速变薄！第一捧水
问候汗涔涔的脸庞！
干净凉爽的衬衣！哦，恋爱的开始！诱惑的眼神！
哦，工作的开始！给冰冷的机器
加满油！第一次抓住把手，马达发出第一波
低沉的轰鸣！再吸入
第一口烟，让它充满胸腔！还有你
新的思想！

（1945）

♦

1946
/
1956

《布科哀歌》①

序

如果有风
我将挂起船帆。
如果没有帆
我就用木棍和帆布做一个

---

① 《布科哀歌》（ *Buckower Elegien* ）是布莱希特于一九五三年夏
天在民主德国勃兰登堡地区的布科镇（Buckow）居住期间写下的一
组诗。

花　园

湖边，冷杉和银杨重重树影间
围墙和灌木遮护着一座花园，
精心种植着应季之花
从三月到十月都鲜花盛开。

清晨，我偶尔会在此地稍坐
希望我也总能
在不同的日子里，无论天气好坏
展示一些令人愉悦的事物。

（选自《布科哀歌》）

习　惯

汤盆总是被重重放下
泼洒出一圈汤粥。
总是用刺耳的声音
发出命令：吃饭！

普鲁士的鹰
总是嚼碎食物
喂进儿女们的小嘴巴。

（选自《布科哀歌》）

划桨，说话

黄昏。水面滑过
两艘帆布艇。
两个裸体小伙并排划着桨
说着话：他俩说着话
并排划着桨。

（选自《布科哀歌》）

烟

湖边，树下小屋
从屋顶升起烟
倘若没有这烟
屋子，树和湖
将何其荒芜。

（选自《布科哀歌》）

一个热天

一个热天。我坐在凉亭中
膝上摊着书信夹。一条绿色小船
穿过垂柳，闯入我的眼帘。船尾坐着
一位胖胖的修女，穿戴严实。前头坐着的一位
年纪稍长，穿着游泳衣，也许是位神父。
划桨座板上，正在全力划桨的
是个小孩。如同往昔！我想
如同往昔！

（选自《布科哀歌》）

阅读一本苏联的书

我读到，要征服伏尔加河
可不是桩轻松的事。她会喊来
她的女儿们：奥卡，卡玛，乌沙，韦特鲁加
还有她的外孙女：丘索瓦亚，维亚特卡。
她将聚拢全部力气，用七千条支流的水量
怒火冲冲，冲向斯大林格勒的防洪堤坝。
她是一位创造天才，与希腊的奥德赛一样
拥有魔鬼般的嗅觉，她会利用地球所有的缝隙
左弯右绕，或者钻入
地底躲藏——但是我读到，苏联人民
热爱她，歌颂她，最近
又把她研究了一番，并将
赶在一九五八年之前
征服她。
而里海低地的黑原野
她那些贫瘠的继女们
将用面包来报答。

（选自《布科哀歌》）

换轮胎

我坐在路边斜坡上。
司机正在换轮胎。
我不喜欢我来的地方。
也不喜欢我去的地方。
为何我看着他换轮胎
却如此不耐烦？

（选自《布科哀歌》）

解决之道

六·一七起义后

作协秘书派人

去斯大林大街散发传单

传单上写着，人民

已失去政府的信任

只有通过双倍的努力

才能重获信任。更简单的办法

难道不是让政府

解散这届人民，然后

另选一帮？

（选自《布科哀歌》）

糟糕的早晨

那株银杨树，本地著名的美人
今天成了丑婆娘。那片湖
一摊污水，别搅动它！
金鱼藻下的金钟花廉价而虚荣。
为何会这样？
昨夜梦中，我看见一些手指指着我
像指着某个异类。它们粗糙不堪
且已折断。
这些无知的人啊！我高喊
心中却暗自惭愧。

（选自《布科哀歌》）

一门新语言

从前，他们和自己的老婆说起洋葱
商店又一次空空荡荡
那时，他们能听懂哀叹、咒骂和笑话
听着那些话，难以忍受的生活
虽已沦落，却也能过活。
现在
他们大权在握，操起了一门新的语言
一门他们自己才懂的干部话
威胁和教训的口吻
填满了商店——却没有洋葱。

听干部话的人
失去了食物。
说干部话的人
失去了听力。

（选自《布科哀歌》）

伟大的时代，白费功夫

我听说，新的城市已造好
我没去参观。
它们属于统计学，我想
却不属于历史。

造的是些什么城市，倘若
没用上人民的智慧？

（选自《布科哀歌》）

树丛里的独臂男人

男人淌着汗，弯腰去够
一根细树枝。抖了几下脑袋
驱赶蚊子。他用膝盖
抵住柴火，吃力地捆扎。喘着气
直起腰，抬手去试
有否下雨。那只手高举着
让人畏惧的党卫军。

（选自《布科哀歌》）

有目的的食物

背靠大炮
麦卡锡家的儿子们正在分发油脂。
望不到头的火车，自行车，或徒步走着
迁徙的人群，来自萨克森腹地。

倘若小牛被冷落
它会急忙跑向每一只讨好的手，也会跑进
屠夫的手中。

（选自《布科哀歌》）

读一位希腊晚期诗人

败局已定的日子里
城头已唱起悼亡的悲歌，
特洛伊人收拾细碎，点点滴滴
在三重木门里，他们拾掇零碎
重获勇气和希望。

原来特洛伊人也……

（选自《布科哀歌》）

冷　杉

清晨时分
冷杉披挂金铜色
半个世纪前
我也见过它们这般模样
那是两次世界大战前
用一双年轻的眼睛。

（选自《布科哀歌》）

这个夏天的天空

湖面上，一架轰炸机高高飞过
几个孩子和女人，还有一位老者
从划艇上抬头。从远处看
他们像年幼的椋鸟，张开嘴
迎接食物。

（选自《布科哀歌》）

声　响

之后，在秋天
将有大群乌鸦栖息于银杨树
但整个夏天我只听见
（因为这一带没有鸟）
人类的响动。
我感到满足。

（选自《布科哀歌》）

缪　斯

缪斯们挨了铁拳，
她们会唱得更响亮。
青肿的眼睛
向他投去狗一般崇拜的目光
她们的屁股痛得乱颤
充满羞耻，蠢蠢欲动。

（选自《布科哀歌》）

八年前

那时
这里的一切都不同。
屠夫的妻子心知肚明。
邮差迈着夸张的正步。
那个电工从前是做什么的？

（选自《布科哀歌》）

铁

昨夜梦里

我目睹一场暴风雨

摧毁脚手架

撕扯材料堆

铁制的，哗啦啦掉落

木头的，弯折了

却留了下来。

（选自《布科哀歌》）

读贺拉斯^①

即使滔天洪水，来势汹汹
亦不能发威长久
浊浪滚滚
终有一天也将偃旗息鼓。
历久弥坚者
能有几多！

（选自《布科哀歌》）

---

① 所读作品指贺拉斯《颂诗集》中的"致屋大维"。

墓志铭

我逃脱了虎口
养肥了臭虫
吃掉我的
却是庸常。

（1946）

马雅可夫斯基的墓志铭

我逃过鲨鱼
杀过老虎
吃掉我的
却是臭虫。

（1946）

当我们的同胞仍在相互撕斗^①

当我们的同胞仍在相互撕斗，我俩
坐在破本子前，从字典里
寻找着语词，许多次
我们划掉已经写好的内容，再从那些
删掉的文字里挖掘
最初的语句。渐渐地
——当我们首都房屋的围墙倒塌
语言之墙也开始坍塌。于是我们一起
听从角色和情节的指令
遵循新的文本。

我一再变成演员，展示着
某个角色的手势和语气，而你
变成了一个作家。但我和你都没有
跳出我们的职业。

（1946）

---

① 此诗是写给查尔斯·劳顿的。查尔斯·劳顿（Charles Laughton，
1899-1962），英国导演、演员，一九三三年奥斯卡最佳男主角，
后成为美国公民，曾与流亡美国期间的布莱希特在戏剧领域有过紧
密合作。

安提戈涅

走出晨昏的晦暗
走在我们的前方
善良的女人脚步轻快
心意坚决，恶人
陷入了恐慌。

逃离的女人，我知道
你有多恐惧死亡，但是
你更害怕
失去尊严的生活。

不向权势者
让渡任何权利，也不向
蛊惑者妥协，从不
忘记遭受的辱骂，在暴行的土壤里
长不出一棵草。
致敬！

（1948）

李子歌

李子成熟的季节，
村里人结队忙活。
这天清晨从北方
来了一位漂亮小伙。

我们采摘李子时，
他就躺在草地上。
长着金色的胡须，仰躺着
看我们干活。

我们煮起李子酱
他开善意的玩笑
还笑着把大拇指
伸进果酱桶尝尝。

当我们吃上李子酱
他早已离开此地。
但请相信，我们从未忘记
那位漂亮小伙。

（1948）

朋　友

战争把我——剧作家
与我的朋友——舞台设计师[①]，分开了
我们工作过的城市已经消失。
当我穿过幸存的城市，
有时我会说：瞧，那件洗好的蓝衣服
若我的朋友在，会晾得更好一些。

（1948）

[①] 此处的舞台设计师朋友指前面诗中提及的卡斯帕·内尔，是布莱希特青少年时期就结识的朋友。参阅《损失者名单》。

穿过露易莎大街的废墟

一个女人骑着自行车
穿过露易莎大街①的废墟
手攥一串葡萄，葡萄在车把手上晃荡
她边骑车边吃葡萄。鉴于
她的好胃口，我也食欲渐旺
且不仅仅只对葡萄。

（1949）

---

① 位于柏林东部。柏林剧团（Berlin Emsemble）在这条街上。

感　受

我归来时
头发还没有白
我暗自庆幸。

山的艰险已被抛在身后
横在我们面前的，是平地的艰难。

（1949）

一座新房子

流亡十五年后归来
我搬进了一幢漂亮房子。
我把能剧面具和画着怀疑者的画轴
挂在了新家。当我每天开车穿过废墟
都会提醒自己
是何等特权为我搞到这幢房子。我希望自己
目睹成千上万的人居于破洞
不会心安理得。手稿柜上
依然躺着
我的行李箱。

（1949）

哦，寂静的冬日！

落雪的时刻啊！
人呆呆看着
双手搁在膝上
牛圈里，公牛与母牛安静伫立
聆听着巨大的寂静。

（1949）

糟糕的时代

树在诉说，为何结不出果实。
诗人在诉说，诗为何越写越糟。
将军在诉说，为何输掉了战争。

在破布上作画吧！
把远征报告拿给健忘者看！
伟大的行为无人察觉！

破花瓶能否充当小便壶？
可笑的悲剧能否改成滑稽剧？
变丑的情人难道该赶去厨房？

请赞美那些搬出危楼的人！
请赞美那些对堕落的友人拒不开门的人！
请赞美那些把无法执行的任务丢到脑后的人！

房子用现有的石头造就。
颠覆由现有的颠覆者完成。
画用现成的颜料画完。

有什么就吃什么
接济真正有需求的人
话要说给在场的人听
用余下的力量、智慧和勇气完成工作。

天真无虑不该被原谅

人能做的本该更多

遗憾需要说出口

（能有什么好处？）

（1949）

一位好战的教师

有个教师名叫胡贝尔
他喜欢打仗，打仗。
每当他说起老腓特烈[①]
两只眼睛就闪闪发亮
说到威廉·皮克[②]时就完全两样。

洗衣妇史密特走了过来
她讨厌肮脏，肮脏。
她拖走教师胡贝尔
塞进洗衣桶一番洗刷
干脆把胡贝尔洗没啦！

（1950）

---

① 老腓特烈指普鲁士国王腓特烈二世（1712-1786），史称腓特烈
大帝或腓特烈大王，以好战和开明专制著称，普鲁士在其统治下成
为欧洲军事强国。
② 威廉·皮克（Wilhelm Pieck, 1876-1960），民主德国首任总统。

致　R.[①]

我早早遁入了空茫
归来时却满满当当。
若我与虚无来往
会懂得如何是好。

当我爱并感受
这意味着损耗。
但在之后的清冷中
我又会重燃热望。

（1950）

---

① 此处 R. 指露特·贝芳。

弱　点

你没有弱点
我曾有过一个：
我爱过。

（1950）

可爱的气味

农民花园里的玫瑰，散发天鹅绒般的香气
芝麻面包棍，香得珍贵。
但怎么能说
汽油味就闻着不好？
新鲜的白面包
桃子和开心果的味道也很好，但没有什么能否定
汽油的味道。
即使雄马
骆驼和水牛的气味
行家闻着也倍感愉悦，但是，令人无法抗拒的
只有汽油的味道。

（1950）

洗肠工之歌

最大的快乐是赠予
日子更艰难的人
欣然伸手
分赠美好之物。

更美的不是玫瑰
而是受赠者的神情
哦，他们多么欢欣
双手满满垂落。

没有什么快乐能超过
助人之乐，帮助所有人！
倘若我不能传递我的所有
我绝不会快乐。

（1950）

后来，当我离开你

后来，当我离开你
在伟大的当今
我开始注意周围
有那么多快乐的人。

自从那天晚上
你知道是哪天
我拥有了一张更漂亮的嘴
一双更灵活的腿。

自从我有了这番感受
树、灌木和草地变得更绿。
水也更加凉爽
当我把它浇到身上。

（1950）

我的爱人递给我一根树枝

我的爱人递给我一根树枝
枝上带着黄叶
这一年就要结束了
爱，才刚刚开始。

（1950）

七朵玫瑰在灌木丛里①

七朵玫瑰在灌木丛里
六朵属于风
仍有一朵留在枝头，于是
我也能发现七朵之一。

七次我呼唤你
六次杳无音信
但第七次，请保证
对我的话作出回应。

（1950）

---

① 这首布莱希特晚期的著名情诗由儿歌的韵律变化而来，德语原文
为隔行交互押韵（ABAB）。

当你使我快乐

当你使我快乐
有时我会想：
我愿意此刻就死
这样就能高高兴兴
结束这一生。

以后，当你老了
回忆起我
我还是今天的模样
你的小恋人啊
依然青春年少。

（1950）

大师喜欢买便宜货

伟大的内尔，他的布景和服装
都是些廉价材料：
他用木头、粗麻布和颜料
搭建巴斯克渔夫小木屋
和恺撒的罗马城。

同样，我的女友仅用一个微笑
就在鱼市买到了所需
如果她愿意，还能
把一个收买老子的故事
像鱼鳞一样免费送掉。

（1950）

儿童颂歌

一

优雅但也须勤劳
热情却不失理性
愿德国繁荣美好
就像其他好国家。

二

别的民族不再害怕
看见我们像碰见强盗
会伸出手与我们相握
像对待其他民族一样。

三

我们既不优越，也不卑微
和其他民族互相平等
从大海到阿尔卑斯山
从奥得河到莱茵河。

四

我们让德国变得更好
因而我们爱它也护它
德国会是我们最爱的国家
就像其他民族也最爱祖国。

（1950）

与诗人奥登相逢

在一家（未摧毁的）啤酒馆
合乎礼仪地共进午餐
他坐在那里，像一朵云
停在酒客的头顶

向纯粹的存在
致以敬意
或者至少向其理论致敬
正如你在法兰西找到的。

（1950 / 1951）

关于艺术的严肃

男人打造银饰的严肃
同样适用于戏剧艺术，还有一群人在上锁的小屋
草拟传单的严肃。但医生俯身检查
病人时的严肃，对于戏剧艺术
已不再适合，完全不合时宜的
是牧师的严肃，无论是紧张还是温和。

（1950 / 1951）

孩子们的心愿

房屋不该被烧。

轰炸机不必见到。

夜晚应能安眠，

生命不该是一场惩罚。

母亲们无须哭泣。

任何人都不该杀戮。

每个人都应建设。

人人信任人人。

年轻人有所建树。

年长者亦须努力。

（1951）

一个中国狮子根雕

坏人畏惧你的利爪。
好人喜欢你的优雅。
我也乐于听见
人们这样评价
我的诗行。

（1951）

愉快的遇见

六月的某个星期天，灌木丛里
采摘树莓的村民听见
专科学校的妇女和女孩
正在大声朗读书本上
关于辩证法和育儿的语句。

女学生们从课本上抬起头
瞧见村民
正在采摘灌木丛里的莓果。

（1952）

更好的，是活着

更好的，是活着
哪怕，赖活着。
瘸子也能骑马
独臂能赶牲口
聋子击剑显身手
瞎眼也比
烧死强。
一具尸体却不会让任何人获益。

（1952）

不是为了相互仇恨

我们拥有一颗心，不是为了相互仇恨
我们拥有一双手，不是为了彼此杀戮。
而是为了同舟共济
扛负起辛劳又短暂的生命
哦，当然会有细微的差异
在遮蔽可怜躯体的衣着之间
在我们不完美的语言之间
在我们可笑的习俗间
在尚有缺陷的法律间
在并不完善的种种观点之间
但所有这些细微的，
用来区分原子——也被称为人的所谓差异[①]
不该成为仇恨和迫害的标志。

（1952）

---

① 可参看德国社会学家齐美尔（Georg Simmel）于一九〇三年
发表的文章《大都市和精神生活》（Die Großstädte und das
Geistesleben）。齐默尔是最先提出"个体原子化"这一社会物理
学概念的学者。汉娜·阿伦特在其著作《极权主义的起源》中也
述及"社会的原子化过程"（der Prozess der Atomisierung der
Gesellschaft），现代社会由一个个原子化的个体组成，人与人之间
心灵隔膜，联系微弱，彼此充满仇恨。

狗

我的园丁对我说：这条狗
强壮，聪明，买下它
是为了看守花园。您却
把它调教成人类的朋友。那它
凭什么挣它的狗粮？

（1953）

铲　子

梦里，我站在一个工地上。我是
一名泥瓦匠，手握
一把铲子。可是当我
弯腰去够砂浆，一声枪响
铲子被震落了
一半的铁。

（1953）

文学的七条命

文学不是羞答答的弱女子
这事早已传遍。多少回
她受到女神般的邀请，之后却被
婆娘般地对待。她的主子们
夜里与她交欢，白天再将她套到犁上。

（1953）

一九五四年上半年

没生大病，没树仇敌。
工作够多。
还分到了我名下的新土豆
黄瓜，芦笋，草莓。
我看见了布科的紫丁香，布鲁日的市集广场
阿姆斯特丹的运河，巴黎的中央市场。
我享受了亲爱的 A.T.[①] 的友情
我读了伏尔泰的书信和毛泽东的《矛盾论》
船坞剧院上演了我的《灰阑记》。

（1954）

[①] 一九五四年六月，布莱希特参加了在阿姆斯特丹举行的国际笔会大会，并访问了布鲁日、巴黎。A.T. 可能是女演员伊索特·基利安（Isot Killian，1924–1986）。

恰如鱼咬钩时收线的灵巧

恰如鱼咬钩时收线的灵巧
同样令人愉悦的
是倚在时间的船舷，几无察觉
孤独地坐在自己身体这条
轻轻摇晃的船上。

（1954）

愉快地吃肉

愉快地吃肉，多汁的肉排，
配上黑面包，热乎乎冒着香气，
嚼大块奶酪，用大杯
喝冰啤酒，这种吃法
会被认为是粗鄙的，但我觉得，躺进坟墓
却没有享受过大口吃肉的乐趣
是不人道的，而这话出自
并不讲究吃喝的我。

（1954）

坏时代的情歌

我们之间并不亲密
却已同床共枕。
当我们相拥而眠
彼此比月亮还陌生。

假如我们今天在市场相遇
也许会为几条鱼扭打：
当我们相拥而眠
彼此却并不亲密。

（1954）

剧　场

走到灯光下
彼此相遇，欣悦的
可改变的一切。

（1954）

艰难岁月

站在写字台前[①]
透过窗户，我看见花园里的接骨木树
枝叶透着点红与黑
突然，我想起了童年
奥格斯堡的接骨木树
我踌躇了几分钟
是否该取来
桌上的眼镜，重新看清
红枝条上的黑色浆果。

（1954？）

---

① 写字台，原文为 Schreibpult，一种有斜面的小书桌，与后文中的
桌子（Tisch）不同。

愉悦之事

清晨望向窗外的第一眼
一本失而复得的旧书
兴奋的脸
雪，季节的变化
报纸
狗
辩证法
淋浴，游泳
从前的音乐
舒适的鞋子
领悟
新的音乐
写作，种植
旅行
歌唱
心怀友善

（1955）

维多利亚之歌

生命里总有一些瞬间

一个问题挡在面前

听从激情的召唤，还是命运的安排？

何不遵循理智的忠言？

可是心儿被情感激荡

将可怜的理智驱赶。

当风儿鼓圆船帆

船儿不再追问：去往何方？

姐妹，你究竟是什么料

如此自损颜面？

羞耻与骄傲统统不要？

啊，当你爱上，就不会问个不休！

雌鹿伴雄鹿，出双入对

母狮随雄狮，驰骋原野

痴情女要陪伴她的男人

走到天涯海角！

（1955）

事物变化

我有时苍老，有时年轻
早上苍老，傍晚年轻
有时我是一个孩子，想着伤心事
有时我是一个老人，失去了记忆。

（1955）

我总在想

我总在想：最简单的话
就已足够。倘若我说出真相
每个人都会心碎
你若不奋起自卫，就会走向毁灭，
关于这一点，你一定会了解。

（1956）

戏仿《关于世界的友好》

是否，我们该安于眼前
说着"本就如此，将来也一样"？
盯着杯子，忍住干渴
把手伸向空杯，而不是另一只满杯？

是否我们必须留在屋外
两手空空，冷寂枯坐
只因为大人物已屈尊
为我们规定了苦与乐？

但是更好的选择是反抗
也不放弃任何微小的快乐
让我们奋力阻挡痛苦的制造者
最终把世界变成我们的家园！

（1956）

我的唯一①

我的唯一，在上一封信中
你写道：
"我的头很痛，
我的心在反抗
如果他们绞死你
如果我失去你
我也活不下去。"

我的爱人，你会活着。
对我的记忆会像风中烟
渐渐散尽
你会活下去，我心爱的红发姐妹
在二十世纪
对死者的悼念只持续
一年

死亡……
一具尸体，在绳索的末端
摇摇欲坠
但亲爱的请放心

---

① 诗中纳齐姆是指纳齐姆·希克梅特（Nazim Hikmet，1902-
1963），土耳其二十世纪诗歌界最重要、最有影响力的人物之一。
一九五六年，布莱希特在一次作家会议上结识了希克梅特。这首诗
源自希克梅特一九三三年在布尔萨狱中写给妻子的诗。布莱希特将
它译成德文，有所改动并略去最后一节。

当刽子手的毛手
把绳子套入我的脖颈
他们将徒劳地寻找
纳齐姆蓝眼睛里的
恐惧。

（1956）

奥尔格[1]的愿望单

快乐，要未经思量的。
皮肤，要未破损的。

故事，要费解的。
建议，要无法实施的。

女孩，要新的。
女人，要不可靠的。

高潮，要不同步的。
敌意，要相互往来的。

逗留，要短暂的
告别，要不动声色的

艺术，要不可利用的。
老师，要务实的。

享乐，要可描述的。
目标，要不经意的。

敌人，要敏锐的。
朋友，要天真的。

---

[1] 指格奥尔格·普夫兰策尔特，参阅《奥尔格的歌》。

颜色，要红的。
消息，要有征兆的。

元素，要火
诸神，要厉害的

堕落者，要唱赞歌的。
季节，要十月。

生，要明亮的。
死，要迅捷的。

（1956）

在夏利特医院的白色病房里

清晨，夏利特医院^①的白色病房里
刚醒来的我
听到一只乌鸫在鸣叫，那一刻
我领悟了更多。
我早已不再害怕死亡。因为再没有什么
可以失去，除了
失去我自己。现在
我又能感受到愉快，也包括
我死后，乌鸫的齐声鸣叫。

（1956）

---

① 又译沙里泰医院，柏林历史悠久的医院及医学院。布莱希特
一九五六年因患流感而入院治疗。

辩证法之歌

试图从手相读出命运
这样的人会遭到嘲笑
日常劳作像翻耕田地般
改变着掌纹
孩子将惊叹这种变化
和（大起大落后）重返的协调。

陶罐并非由圣人塑造，天堂也一样
归功于为未来而战的人。
他们将根据记忆
重谱战斗中破碎的
心灵之韵

我，变了很多，但没有忘却
褪色的任何一页
我知道，当美
化为行动
就会包藏经验的苦痛。

（1956）

先是快乐让我难眠

先是快乐让我难眠
之后轮到悲伤值夜。
当两者都不再与我相遇
我才能安睡。但是啊，
每一个五月的清晨
都带给我十一月的夜晚

（1956）

她登上高山

她登上高山
手持一朵玫瑰。

她遥望世界
手持一朵玫瑰

她坠下深渊
手持一朵玫瑰

她昨日下葬了
手持一朵玫瑰。

（1956）

根据 *Die Gedichte* von Bertolt Brecht，Herausgegeben von Jan Knopf 译出
2. Auflage © Copyright 2016 by Suhrkamp Verlag，Frankfurt am Main

图书在版编目（CIP）数据

诗歌的坏时代：布莱希特诗选／（德）贝托尔特·布莱希特
著；黄雪媛译. —桂林：广西师范大学出版社，2024.1
（文学纪念碑）
ISBN 978 – 7 – 5598 – 6459 – 8

Ⅰ.①诗… Ⅱ.①贝… ②黄… Ⅲ.①诗集－德国－现代
Ⅳ.①I516.25

中国国家版本馆 CIP 数据核字（2023）第 197655 号

诗歌的坏时代：布莱希特诗选
SHIGE DE HUAISHIDAI：BULAIXITE SHIXUAN

出 品 人：刘广汉　　　　策划编辑：魏　东
责任编辑：魏　东　　　　特约编辑：程卫平
装帧设计：李婷婷

广西师范大学出版社出版发行

（广西桂林市五里店路9号　　　邮政编码：541004）
（网址：http://www.bbtpress.com）
出版人：黄轩庄
全国新华书店经销
销售热线：021－65200318　021－31260822－898
山东临沂新华印刷物流集团有限责任公司印刷
（临沂高新技术产业开发区新华路1号　邮政编码：276017）
开本：889 mm×1 194 mm　1/32
印张：15.25　　插页：16　　字数：320 千
2024 年 1 月第 1 版　　2024 年 1 月第 1 次印刷
定价：88.00 元

如发现印装质量问题，影响阅读，请与出版社发行部门联系调换。